ERNST

Arena-Taschenbuch
Band 1836

D1868690

Reiner Engelmann,
1952 geboren, studierte Sozialpädagogik und absolvierte eine sonderpädagogische Zusatzausbildung. Er arbeitet seit 1977 an einer Schule für Lernbehinderte und führt seit 1983 Lehrerfortbildungen – mit den Schwerpunkten Leseförderung, Umweltbildung, Menschenrechtserziehung, Jugend und Gewalt – in verschiedenen Institutionen der Lehrerfortbildung durch.

Weitere Arena-Taschenbücher unter der Herausgeberschaft von Reiner Engelmann:

»Morgen kann es zu spät sein«
Texte gegen Gewalt – für Toleranz (Band 1766)

»Tatort Klassenzimmer«
Texte gegen Gewalt in der Schule (Band 1784)

»Heute die Zukunft beginnen«
Texte für ein besseres Morgen (Band 1785)

»Fluchtwege«
Texte zum Thema Drogen/Sucht (Band 1822)

»Alles so schön bunt hier!«
Texte über den Umgang mit den Medien (Band 1823)

Reiner Engelmann (Hrsg.)

Ich will, daß es aufhört!

Aufwachsen im Krieg

Arena

*Ich danke allen, die an diesem Buch mitgewirkt haben.
Besonders hervorheben möchte ich dabei Frozan Aslami,
die mich mit ihrem guten Rat unterstützte, und
Jorge Clementin für sein Engagement
bei der Bearbeitung eines Textbeitrages.
Reiner Engelmann*

1. Auflage dieser Anthologie
1996 als Originalausgabe im Arena-Taschenbuchprogramm
© 1996 by Arena Verlag GmbH, Würzburg
Alle Rechte dieser Ausgabe vorbehalten
Umschlaggestaltung: Bernhard Hartlieb unter Verwendung
von zwei dpa-Bildern
Gesamtherstellung: Westermann Druck Zwickau GmbH
ISSN 0518-4002
ISBN 3-401-01836-1

Inhalt

Nevfel A. Cumart

kinder im krieg

raketen schlagen in die häuser ein
giftige gase zerfressen lungen
und in einer stadt namens adana
raubt das heulen der kampfflugzeuge
bereits in der siebten schwülen nacht
den ersehnten schlaf meiner kleinen nichte

raketen schlagen in die häuser ein
giftige gase zerfressen lungen
und in einer stadt namens sarajevo
verbringt der kleine milos seinen geburtstag
halb verdurstet halb verhungert
in einem finsteren bunker
mit schimmligen wänden
fern von der sonne und den eltern

raketen schlagen in die häuser ein
giftige gase zerfressen lungen
und in einer stadt namens kabul
kämpfen drei ärzte mit ausgelaugten gesichtern
bei notbeleuchtung und eisiger kälte
verzweifelt um das leben der kleinen inci

raketen schlagen in die häuser ein
giftige gase zerfressen lungen
mütter weinen um ihre kinder
seelen verkümmern in den nächten
und mit jeder kugel die verschossen wird
begraben sie die hoffnung
einen fuß tiefer in die erde

Horst Petri

Kriegsängste von Kindern und Jugendlichen in »friedlicher Zeit«

Unsere Kinder haben keine Kriegsängste!« Diese entschieden vorgetragene Meinung in breiten Teilen der Erwachsenengeneration stützt sich auf das Argument »Wir leben doch seit 50 Jahren im Frieden.« So logisch die Behauptung erscheinen mag, zeugt sie doch von einer groben Unkenntnis über diesbezügliche Einstellungen und seelische Reaktionen von Kindern und Jugendlichen.

Kurz nach der Kuba-Krise 1962, die erstmalig nach dem Zweiten Weltkrieg die Gefahr eines Atomkrieges heraufbeschwor, wurden, bis in die jüngste Zeit, in zahlreichen Ländern der Erde Untersuchungen zu der Frage durchgeführt, welche seelischen Auswirkungen die atomare Dauerbedrohung durch die Abschreckungspolitik der Supermächte auf Kinder und Jugendliche hat. Die Ergebnisse waren erschreckend. In Amerika und in den Ländern Europas stand die Angst, »daß ein Atomkrieg ausbrechen könnte«, mit weitem Abstand zu anderen persönlichen und politischen Ängsten an erster Stelle entsprechender Angstlisten. Als die Nato-Länder Europas 1983 mit atomaren Mittelstreckenraketen nachgerüstet wurden und die Medien nahezu täglich über die dadurch verschärfte weltpolitische Lage berichteten, erhöhten sich die Bedrohungsängste in der jungen Generation in alarmierender Weise. Jetzt gaben 60 bis 80 % »viel Angst« vor einer nuklearen Katastrophe an. Der »Kalte Krieg« versetzte auch in Ländern, die im Frieden lebten, Kinder und Jugendliche in Angst und Schrecken. Schließlich hatten die älteren von ihnen im Schulunterricht die entsetzlichen Bilder von Hiroshima und Nagasaki gesehen und die Atombombe als die schlimmste aller Bedrohungen verinnerlicht.

Eine Bestätigung ihrer Angst vor der Nukleartechnologie erlebten dann alle im April 1986 durch die Reaktorkatastrophe von Tschernobyl. Heutige Untersuchungsdaten belegen deutlich, wie tief sich dieses Ereignis in das kindliche Erleben eingeprägt hat und die Zukunftsvorstellungen junger Menschen mitbestimmt. In repräsentativen Studien geben bis zu 60 % von ihnen an, große Angst »vor der Explosion eines Atomkraftwerks« zu haben.

Während des Golfkriegs 1991 gingen Zehntausende von ihnen auf die Straße. Dieser massenhafte Protest der jungen Generation war ein neuartiges Phänomen in der

Geschichte der Friedensbewegung. Er richtete sich nicht nur gegen den Krieg in der Golfregion selbst, sondern gegen die Möglichkeit eines Übergreifens auf andere Länder durch den gefürchteten Einsatz von Atomwaffen. Der Protest brachte gleichzeitig zum Ausdruck, wie stark Kinder und Jugendliche in heutiger Zeit in globalen Zusammenhängen denken, wenn es um die Bedrohung ihrer Zukunft durch die Gefahren der technologischen Entwicklung geht. Je nach politischer Wetterlage, so zeigen die Untersuchungen der letzten Jahre, belegen entweder die Kriegsängste oder die Angst vor der zunehmenden Umweltzerstörung mit weitem Abstand zu anderen gesellschaftlichen Bedrohungen den ersten oder zweiten Platz.

Unsere Kinder haben keine Kriegsängste? Heute wissen wir, warum Erwachsene die Realität so kategorisch verleugnen müssen. Die Bedrohung der gesundheitlichen und sozialen Zukunftsperspektive ihrer Kinder durch die Schattenseiten des technischen Fortschritts und der globalen Problemlagen macht ihnen selbst angst. Diese Angst wird wegen ihrer Unerträglichkeit verdrängt. Das führt dazu, daß Eltern kaum mit ihren Kindern über die sie bedrückenden Fragen sprechen. Also wissen sie auch nicht, was diese in ihrem Inneren bewegt. Dabei müßte allen klar sein, daß die Medienwelt auch die heutige Kindheit tiefgreifend verändert hat. Kinder nehmen heute schon in frühem Alter und fast täglich die Schrecken dieser Welt über den Bildschirm wahr, allen voran Krieg und Umweltzerstörung. Das prägt ihr globales Weltbild. Noch vor kurzem waren es die schrecklichen Szenarien des Bürgerkriegs in Ruanda, getötete, verletzte und hungernde Menschen, besonders Kinder, von denen später viele in den Flüchtlingslagern starben. Seit Jahren sind es die Bilder von den Kriegsgreueln im ehemaligen Jugoslawien, die allabendlich über die Mattscheibe ins Wohnzimmer flimmern. Morgen ist es ein Krieg irgendwo anders, weit entfernt auf der Welt und doch so unmittelbar nah durch die suggestive Kraft der Bilderflut.

Kinder und Jugendliche haben noch nicht die hohe Abwehrkunst der Erwachsenen entwickelt, sich durch Verdrängung von solchen Erfahrungen zu distanzieren. Im Gegenteil. Sie identifizieren sich mit dem Leiden anderer, so, als wenn sie selbst die Betroffenen seien, empfinden tiefes Mit-Leid und fühlen sich hilflos in ihrem Wunsch, den Opfern von Krieg, Terror und Vertreibung zu helfen. Gerade weil sie so ohnmächtig sind und ihre Gefühle nicht in aktives Handeln umsetzen können, speichern sie die täglichen Bilder des Schreckens in ihrem Inneren. Von dort tauchen sie nachts in den Träumen wieder auf, verwandeln sich zu Alpträumen der Gewalt, die die Ängste verstärken, eines Tages selbst einem Krieg ausgeliefert zu sein. Kinder denken nicht nur global, in erster Linie fühlen sie global. Ihre Gefühlswelt ist noch nicht durch eine feste Abwehrstruktur gegen mögliche Gefahren abgesichert; Ängste vor ihnen können quasi ungefiltert in das kindliche Seelenleben einsickern und prägen fortan die Einstellung zu Welt und Menschen entscheidend mit.

Neben wissenschaftlichen Untersuchungen wurden in den letzten Jahren zahlreiche persönliche Dokumente von Kindern und Jugendlichen, wie Briefe, Aufsätze, Geschichten, Gedichte und Malereien, gesammelt und publiziert, in denen die emotionalen Einstellungen der jungen Generation zu Gegenwart und Zukunft sehr eindringlich gestaltet und dadurch tiefenpsychologisch gut deutbar sind. Neben vielen anderen Ängsten wird auch in ihnen die Kriegsangst als eine der vorherrschenden Ängste deutlich erkennbar. Krieg ist selbst für Kinder, die im Frieden leben – das zeigt die Analyse solcher Materialien –, deswegen so furchterregend, weil er an menschliche Urängste anknüpft. Eine dieser Urängste ist die Angst vor dem Tod. Dabei wird nicht nur der eigene Tod gefürchtet, bei vielen, besonders jüngeren Kindern ist die Angst noch viel stärker ausgeprägt, »daß die Eltern sterben könnten«. Diese Tatsache hängt mit einer zweiten Urangst zusammen – der Angst vor Trennung und Verlassenwerden. Die Vorstellung, die Eltern im Rahmen eines Krieges, speziell eines Atomkrieges, zu verlieren, kann bei besonders empfindsamen Kindern geradezu panikartige Angstzustände auslösen, wenn sie im Rahmen der Medienöffentlichkeit der Kriegsschauplätze zu häufig mit dieser Realität konfrontiert werden. Die Trennung von den Eltern durch deren Tod bedeutet für Kinder den Verlust jeder Sicherheit und Geborgenheit, jedes elterlichen Schutzes, und damit das Gefühl des endgültigen Alleinseins in dieser Welt. Von Kriegskindern, die diesen Verlust unmittelbar erleiden, ist hinreichend bekannt, wie traumatisch sich ein solches Erlebnis auf die seelische und psychosoziale Entwicklung auswirkt – ein Trauma, das auch im späteren Leben kaum jemals ganz verarbeitet werden kann. Eine solche Erfahrung verbietet auch jeden Vergleich mit Kindern, die in einem äußeren Frieden heranwachsen. Dennoch wird in der Regel auch das Leiden der »Friedenskinder« unter den Kriegen rings um sie herum unterschätzt und verharmlost. Dabei werden weder die bisher geschilderten Zusammenhänge bedacht noch die Rolle der kindlichen Phantasie bei der Verarbeitung besonders der visualisierten Kriegsereignisse angemessen berücksichtigt.

Die Phantasiewelt eines Kindes weicht erst zur Pubertät hin immer stärker dem Realitätssinn eines Erwachsenen. Erst durch die Phantasietätigkeit kann eine bedrohliche Realität in ihrem Gefährlichkeitsgrad emotional besonders stark aufgeladen und ins Unermeßliche gesteigert werden. Durch diesen Mechanismus können sich entsprechende Ängste bis zur Unerträglichkeit verstärken. So verwandelt sich zum Beispiel der Anblick eines von einer Tretmine nur leicht verletzten Jungen für das scheinbar unbeteiligt vor dem Fernseher sitzende Kind zu einem absoluten Grauen aus Blut, Schmerz und Verstümmelung. In der Regel muß es dieses Grauen allein verarbeiten, da keiner da ist oder die notwendige Einfühlung besitzt, mit ihm über die Realität und die Möglichkeiten konkreter Hilfe zu sprechen.

Aber das Fernsehen zeigt in der Regel keine Leichtverletzten. Es sind nur die schlimmsten Folgen des Krieges, die Schlagzeilen machen und die den Zuschauer wach halten sollen. Solche Bilder lassen dann Kinder nicht mehr los. Sie werden innerlich und auf Dauer zu einer Grunderfahrung umgebaut, nach der Grausamkeit und Gewalt jede menschliche Existenz bis zur Unkenntlichkeit entstellen und jeden Wertes berauben können. Wir wissen heute noch nicht, wie sich solche Grunderfahrungen langfristig auf die seelische und psychosoziale Entwicklung auswirken. Die Ergebnisse bisheriger Untersuchungen zu dieser Frage liefern noch keine schlüssigen Antworten.

Bis dahin bleiben auch Vermutungen reine Spekulation, die aus dem Vorbildcharakter visualisierter Kriegshandlungen ein Anwachsen des Gewaltpotentials in der jungen Generation oder gar eine gesteigerte Kriegsbereitschaft ableiten. Dazu sind, wie die Aggressions- und die Friedensforschung zeigen konnten, eine Vielzahl ineinandergreifender Bedingungsfaktoren notwendig. Ihre Komplexität reicht weit über das hinaus, was die Fremderfahrung von Kriegen aus weiter Distanz an seelischen Gewaltdispositionen auslöst. Wahrscheinlicher ist die Annahme, daß die Grunderfahrung des Krieges einen dauerhaften Einfluß auf die emotionale Verfassung von Kindern und Jugendlichen ausüben kann, bei denen Gefühle von Angst, Verzweiflung, Ohnmacht, Mitleid, Enttäuschung und Resignation eine Mischung eingehen, die die Lebenseinstellung in Teilen der jungen Generation in spezifischer Weise mitprägt. In welcher Form solche Gefühlserfahrungen schließlich verarbeitet werden, wie sie den Charakter des späteren

Erwachsenen und sein soziales Verhalten formen, hängt entscheidend von den biographischen Bedingungen ab, unter denen seine sonstige kindliche Entwicklung und sein weiteres Leben verliefen.
Ungeachtet dieser Einschränkungen stehen alle, ob Kinder, Jugendliche oder Erwachsene, vor der Aufgabe, die Belastungen durch Kriegsängste und ihre möglichen seelischen Folgen abzumildern. Seit der Versöhnung der Supermächte Ende der 80er Jahre hat die Friedenspädagogik, wie sie vorher an Schulen propagiert und auch praktiziert wurde, ihre Aufgabe, so meint man, verloren. Auch wenn die Gefahr eines Atomkrieges derzeit als sehr gering einzuschätzen ist und Kriege in Westeuropa in näherer Zukunft nicht zu erwarten sind, wird die Konfliktlösung durch Kriege in anderen Regionen der Erde wohl noch lange die Regel sein. Die zunehmende Vernetzung globaler Probleme schärft langsam das öffentliche Bewußtsein für die Tatsache, daß die europäische Staatengemeinschaft dabei keineswegs die Rolle des unbeteiligten Zuschauers spielt. Sie ist in mehrfacher Hinsicht in diese Probleme und die dadurch entfachten Kriege einbezogen, zum Beispiel durch wirtschaftliche Machtinteressen, durch ihre Funktion als Flüchtlingsländer, durch Waffenhandel und schließlich, seit neuester Zeit, durch begrenzte Kriegseinsätze.
Kinder und Jugendliche lernen auch diese Zusammenhänge immer schneller verstehen und fühlen sich, wenn auch auf eine sehr unbestimmte Weise, in die globalen Konflikte einbezogen. Es ist daher nicht

erstaunlich, daß ihr waches Bewußtsein, ihre frühere Mündigkeit und ihre Forderungen nach mehr Rechten und Partizipation am öffentlichen Leben und an der Politik inzwischen zu zahlreichen Organisationsformen und Ausdrucksmöglichkeiten geführt haben. Dazu gehören die Anbindung an Gruppen der Ökologie- und Friedensbewegung, ihre Politisierung im Rahmen mehrerer Jugendverbände, die internationale Vernetzung der Kinderrechtsbewegung, Demonstrationen und andere phantasievolle Protestaktionen, die kreative Gestaltung von Widerstand im Rahmen von Kinderkongressen und eigenen Publikationsorganen, die Mitgestaltung in den Medien, die Teilnahme an der Gemeindepolitik und vieles andere. Alle diese direkten Beteiligungsformen verwandeln Gefühle von Angst und Bedrohung in aktives Handeln. Damit wachsen sie weit über die Ansätze der früheren Friedenspädagogik hinaus, die sich hauptsächlich auf Aufklärungsarbeit innerhalb der vier Wände des Klassenzimmers beschränkte. Aktives Handeln ist die beste Prävention gegen Ohnmachtsgefühle und passives Leiden.
Ob aus diesen Anfängen in Zukunft eine mächtige und völlig neuartige soziale Basisbewegung der jungen Generation heranwächst, hängt in erster Linie davon ab, wie die jungen Menschen von verantwortlichen Erwachsenen nicht nur geduldet, sondern aktiv unterstützt werden. Daran wird zukünftig auch die junge Generation die ältere messen.
Das gesellschaftliche Engagement junger Menschen

dient nicht zuletzt auch der besseren Verarbeitung ihrer Kriegsängste. Dazu gehört besonders, daß sie einen neuen Dialog mit ihren Eltern, Lehrern und anderen Erwachsenen offensiv einfordern. Erwachsene, die sich dieser Herausforderung stellen und im offenen Gespräch ihre eigene Angst und Abwehr überwinden, werden die Erfahrung machen, daß sie in ihren Kindern das Gefühl gemeinsamer Verantwortung und Zusammengehörigkeit wesentlich stärken können. Kinder, so aktiv sie auch sind, brauchen diese Hilfe bei der Bewältigung ihrer Ängste vor Krieg und anderen Bedrohungen, und vor allem bei ihrer Angst, mit allen Schrecken ihrer Zeit allein gelassen zu werden. Kinder und Erwachsene können nur gemeinsam durch das Sprechen über sie, durch den Austausch ihrer Gefühle und möglichst durch solidarisches Handeln das Vertrauen und die Hoffnung erhalten, die zur Zukunftsgestaltung für jeden Menschen lebensnotwendig sind.

Zum Schluß noch eine persönliche Anmerkung. Ich habe den Zweiten Weltkrieg als Kind miterlebt, immer weit hinter der Front. Ich weiß, wie sich das Dröhnen von Bombergeschwadern anhört und das singende Geräusch herabfallender Bomben. Ich habe nie einen Toten oder Verletzten gesehen. Nur einmal eine Blutpfütze vor einem zersplitterten Schilderhäuschen vor einer Kaserne nach einem Luftangriff. Als Kinder erzählten wir uns mit den Wachsoldaten immer lange Geschichten. Es war meine Phantasie, die in dieser Blutpfütze die Grauen des Krieges verdichtete und sie in meinem Gedächtnis unauslöschlich machte. Heute sehe ich in diesem Erlebnis einen entscheidenden Grund für meinen eindeutigen Pazifismus. Auch er kann, so scheint es, aus den Kriegsängsten geboren werden. Das wäre die positivste Lösung.

Urs M. Fiechtner

Alles normal

Hereingebracht zu werden in die Welt
auf sterilen, blütenreinen Laken
umgeben von professionellen Helfern
aus guten Schulen, Universitäten
Im Hintergrund die Phalanx gleißender
Apparaturen, die Blüten unserer Technologie
bereit, aus beinah jeder Not zu helfen
Darunter ein solides Fundament aus Scheinen
bereit, beinahe jede Schuld zu tilgen
Ringsum ein Schutzwall aus jahrtausendalten Steinen
sorgsam behauen, langsam, Stück um Stück
in endlosen Kämpfen zwischen Herr und Untertan
bereit, beinahe jedem Schutz zu bieten
Drauf ein festes Dach, ein Flechtwerk
aus verwobenen Interessen, die auseinanderstreben
und sich dennoch gegenseitig stützen

bereit, beinahe jede Regenflut zu überstehen
Der Zaun endlich, hinter dem Horizont, geknüpft
mit sichtbaren und unsichtbaren Drähten, bereit,
beinahe jeden Unbefugten abzuwehren –
Hereingebracht zu werden in die Welt
beschützt, umsorgt, vielleicht sogar mit Liebe
und alle Türen in die Zukunft offen, beinahe
Alles normal

Hineinzufallen in die Welt
auf einem Bett aus Moderholz und Lumpen
umgeben von Geschwisteraugen, die
teils neugierig, teils furchtsam oder abgestumpft
den neuen Konkurrenten mustern
Im Hintergrund Familie, Nachbarn, Freunde
die sich aus Tradition betrinken werden
Darunter ein verdorbener Boden, von Sklavenfüßen
festgestampft, verloren, ausgelaugt von alters her
Ringsum ein krankes Meer von Hütten
beinahe uferlos, gebaut aus unfruchtbarem Lehm, aus Dreck
aus Krankheit, Hunger, Tod, gebaut aus leeren Worten
Versprechungen und all dem anderen Abfall
der am Wegesrand der Reichen liegenbleibt
Darauf ein schwaches Dach, wie aus Papier
auf den ein schwerer Himmel drückt, die Sterne unsichtbar
hinter dem Glanz der fernen, unerreichbar goldenen Stadt
Der Zaun endlich, diesseits vom Horizont
von zielbewußter Hand aus Stacheldraht geformt, bereit,
beinahe jedem seinen Platz zu weisen –
Hineinzufallen in die Welt, versehentlich
und alle Türen für die Zukunft fest verrammelt
und alle Hoffnungslosigkeit schon ausgemacht, beinahe
Alles normal

Dann langsam auf zwei Beinen laufen lernen
ringsum ein Wald von Händen, bereit,
beinahe jedes Stolpern aufzufangen, oder
doch wenigstens ein Netz darunter, bereit,
beinahe jeden Fall zu dämpfen
Eine beruhigte Kindheit, ein Orientierungsspiel, geplant
wie im Gewächshaus, nicht immer schön vielleicht
doch immer sicher, immer mit doppeltem Boden
und immer genügend Brot auf dem Tisch, manchmal zu viel
Später die Schule, lästig vielleicht, aber ein Anfang
die Welt zu begreifen und sich in der Welt
zu behaupten, lesen und schreiben zu lernen
und damit die Kunst, zu verstehen und Verständnis zu wecken
Oder Wissen zu sammeln, das gelegentlich Macht ist
aber noch öfter der Weg, das Überleben zu sichern
unblutig, womöglich mit Anstand und Würde, meistens
erfolgreich. Vielleicht nur ein Angebot, aber immerhin das
und längst wie selbstverständlich –
Alles normal

Und möglichst bald auf eignen Füßen stehen lernen
so schnell es geht, weil jede Hand gebraucht wird, um
im Müll der großen Stadt nach Eßbarem zu wühlen
und jeder neue Hunger neue Hände will, um
ihn zu stillen. Im Hintergrund ein Abwarten, weil ohnehin
nicht allen Zeit zum Aufwachsen gegeben ist
und keine Liebe daran etwas ändern kann, außer
die eigene Kraft zu schwächen
und jedes neue Leben seinen Wert erwerben muß
indem es anderem Leben nützlich wird
Kein Spiel. Nur einfach Ernst.
Unter den Füßen nichts als hundert Möglichkeiten
ins Bodenlose abzugleiten
Im Rücken nichts als eine Wand
aus Angst und Aussichtslosigkeit
Vor den Augen nichts als ungezählte Bunker
ringsum das schwerbewachte Beutegut der Reichen
Und niemals genügend Brot auf dem Tisch –
Alles normal

Leben und Sterben als eine Frage der Spielregeln
begreifen, mit Plastikgewehren hantieren und danach
mit den Toten friedlich ein Eis essen gehen
In Scheinwelten sich durch endlose Labyrinthe beißen
jedweder Gefahr mit schnellen Fingern trotzen
und das Überleben als Punktestand notieren
Später mit Messern, Wurfsternen, Schlagringen
ein wenig Farbe in das Selbstwertgefühl bringen
(als sei Gewalt nicht eben, was uns niedrig macht)
Davon träumen, den einfachen Weg gehen und
jedes Problem liquidieren zu können, nicht
mit der subtilen Fingerspitze der Vernunft, sondern
unter der steinzeitlichen Dumpfheit der Faust
und einem Farbenwald von infantilen Feuerspielen
Dem Druck des Reichtums wie ein Tölpel zu erliegen
und glauben, wir hätten so viel Zeit im Überfluß
daß sie zum Totschlag freigegeben sei
Die beinah festgefügte Welt als Fessel zu begreifen
und nicht als Auftrag, sie zum Besseren zu wenden
Sich jede Dummheit zu erlauben, unbewußt
vertrauend, daß alles nur ein Spiel sei
und unter uns der Boden sicher
Davon träumen, auch ohne den Kopf
gut dastehen zu können –
Alles normal

Leben und Sterben als eine Frage der Macht
begreifen, die scheinbar aus Gewehrläufen kommt
Der Welt erliegen, die nie Spiel ist, wenn es
um großes Geld geht oder Brot
Den Uniformen folgen, nicht aus Neigung
sondern, den Rücken an der Wand, aus Mangel
an Alternativen, nichts anderes träumen
als die Ohnmacht umzudrehen, die Not
zu liquidieren, irgendwie, und wenn es
Leben kostet (vielleicht das eigene), aber
nicht wieder wehrlos zu sein, nie wieder
gefangen hinter Mauern, die fremde Hände bauen
nicht wieder fremd zu sein, verstoßen
in der eigenen Welt, nie wieder ausgeliefert
dem Hunger, der nicht eigenes Verschulden ist
sondern ein Verbrechen, begangen von anderen
Sich neue, maßlos alte Regeln zu erfinden
weil alles Recht nur für die Auserwählten gilt
die es zerbrechen wie ein dummes Kind sein Spiel
und später lauthals jammern, wenn es gebrochen ist
Mit den Vernunftlosen in ihrer Sprache sprechen
und eine Waffe in die Hände nehmen
Verzweifelt davon träumen, auch ohne den Kopf
anständig überleben zu können –
Alles normal

Hineingeführt zu werden in die Welt
in der das Töten aus der Ferne
kunstvolles Spiel geworden ist
und der Respekt vor fremdem Leben
wie Ballast abgeworfen wird
Als ob wir nicht am besten wüßten
daß alles Recht zuerst
das Recht des anderen ist

Hineingestoßen zu werden in die Welt
in der das Töten wie ein Fluch
sich selbst in seinen Kreislauf zwingt
und der Respekt vor anderem Leben sich verliert
weil auch das eigene nie Respekt erfuhr
und nicht die Starken überleben werden
sondern die Rücksichtslosen
wozu auch immer

Hineingelockt zu werden in die Welt
in der Gewalt so selbstverständlich ist
wie Schlaf. – Wie jener Schlaf
von dem wir doch schon immer wußten
daß er nach unserem Bilde
Ungeheuer schafft
und dem wir dennoch gerne folgen
weil uns der Tod bequemer ist als die Vernunft

Alles normal

Mißbraucht zu werden von der Welt
in der uns vorgeschrieben ist
wie wir zu leben und zu sterben haben
oder zu töten
in ihren kleinen oder großen Kriegen
den schleichenden und den erklärten
den unbewußten und den kühl geplanten
Alles normal

Mißbraucht zu werden von der Welt
in die wir ungefragt
als Mitspieler gekommen sind
mit nichts versehen als dem Instinkt
zu überleben, und dieser Forderung
uns anzupassen, weil sie behaupten
daß nur der Angepaßte überlebt
Alles normal

Alles normal.
Bis wir uns endlich
auf uns selbst besinnen
und auf das Recht, nicht alles hinzunehmen
was uns, wozu auch immer, vorgegeben ist
Nicht jeder Dummheit nachzuirren
die man uns vorsetzt wie ein Gotteswort
nicht jeder ausgefahrenen Spur zu folgen

Mit jedem neuen Leben
die Welt neu zu beginnen:

Das
ist normal.

Fakir Baykurt

Merdan, der Bosnier

Merdan, einen Jungen aus Bosnien, lerne ich im St.-Johannes-Stift in Homberg kennen. In diesem kleinen, aber voll ausgestatteten Krankenhaus links des Rheins bin ich gerade am Hals operiert worden. Ein Arzt türkischer Herkunft, Dr. Attila, ist dort Anästhesist. Er hat mich ins Nirwana geschickt – und auch wieder herausgeholt. Er ist zu mir auf mein Zimmer im vierten Stock gekommen, um zu fragen, ob ich irgendeinen Wunsch hätte.

Wir liegen hier zu viert. Meine deutschen Bettnachbarn warten auf ihre Operation und vertreiben sich die Wartezeit mit Fernsehen. Ich bin schon am zweiten Tag nach meiner Operation aufgestanden und umhergelaufen, doch Professor Humann hat mich nicht nach Hause gelassen. Ich habe Dr. Attila gefragt: »Weshalb muß ich hier immer noch liegen? Laßt mich nach Hause. Zu

Hause kann ich was an meinen Büchern und Manuskripten tun ...«
Dr. Attila hat mich aufgeklärt: Man habe die pflaumengroße Geschwulst, die man mir aus dem Hals entfernt hat, zur Untersuchung ins Labor geschickt. »Wo du schon hier bist, ruh dich doch einfach mal aus!« hat er gemeint.
»Dann besorg mir was zu lesen – Bücher!« habe ich geantwortet. Da hat er mir von zu Hause drei Bücher mitgebracht. Erst habe ich ein wenig darin gelesen, aber jetzt ist es mir doch wieder zu langweilig. »Lauf doch ein bißchen rum!« sagt der Doktor.
»Wo denn?«
»Na hier, im Krankenhaus! Wir haben zum Beispiel eine Station, wo mit Älteren und Jugendlichen Gymnastik gemacht wird. Auch die Kinderstation ist interessant. Sie ist in zwei Abschnitte unterteilt: einen für normale Kinder und einen für Kinder aus Kriegsgebieten. Ich werde die Schwester Hildegard bitten, daß sie dich da herumführt.«
»In welchem Stockwerk ist die Station?«
»Im ersten.«
Es ist der dritte Tag nach meiner Operation. Nach dem Abendbrot fahre ich mit dem Aufzug in den ersten Stock hinunter. Ich halte nach der Kinderstation Ausschau, und schließlich finde ich sie auch. Zu beiden Seiten des Korridors sind Krankenzimmer, Tür an Tür. Außerdem ist da noch ein Spielzimmer. An den Wänden hängen Bilder, von Kindern gemalt.
Dieser erste Abschnitt ist für die normalen Kinder da.

Ich komme mir vor wie in einem Kindergarten. Ich suche Schwester Hildegard erst gar nicht. Aber schon nach kurzer Zeit erscheint sie von sich aus. Dr. Attila hat sie bereits informiert. Sie begrüßt mich mit strahlendem Lächeln. Eine nette Frau, das merkt man gleich. Beim Lachen hat sie Grübchen in den Backen. In dem Abschnitt für normale Kinder halten sich auch Mütter auf; sie bleiben offenbar den ganzen Tag über bei ihren Kindern.

Aber weil meine Neugier eigentlich den Kriegskindern gilt, hält es mich hier nicht länger. Schwester Hildegard geht mit. Der zweite Abschnitt ist fast genauso groß wie der für die normalen Kinder. Ich fühle mich in ein Behindertendorf versetzt, in das man Kinder aller Rassen hineingepfercht hat, weiße, gelbe, schwarze. Man sieht den Kindern ihr Elend sofort an; sie liegen auf ihre Betten hingestreckt, immer eins unten, ein anderes oben. Eine Stille herrscht hier wie nirgendwo sonst. Sechzig Kinder zwischen fünf und siebzehn Jahren liegen in dem Abschnitt. Das Deutsche Rote Kreuz hat sie aus den Kriegsgebieten weltweit per Flugzeug und weiter per Hubschrauber hergeholt. Gut fünfzig von ihnen mögen es sein, die ans Bett gefesselt sind. Manche haben einen Verband um den Kopf, andere sind wegen Bauchwunden operiert worden. Einigen fehlen Gliedmaßen.

Schwester Hildegard führt mich von Zimmer zu Zimmer. Auf unserem Rundgang, der an den Nerven zerrt, sind wir gerade bei Zimmer Nummer 114 angelangt. Ich frage leise: »Ist das alles, was der Krieg an versehrten Kindern hinterlassen hat?«

Schwester Hildegard lächelt. »Das ist alles, was unser Rotes Kreuz da herausgeholt hat! Wer weiß, wie viele Kinder es gibt, die keine Hilfe bekommen? Wer weiß, wie viele gestorben sind, wie viele umgebracht worden sind?« Ihre Augen werden feucht. Schwester Hildegard ist nicht nur nett, sie ist auch voller Mitgefühl.
Wie soll ich mich jetzt mit den Kindern unterhalten? Deutsch versteht ja keines von ihnen. Einige afrikanische Kinder sprechen Französisch. Schwester Hildegard zieht mich zu einem Kind aus Tuzla weiter. »Sehen Sie mal«, sagt sie. »Der Junge hier heißt Merdan; ich glaube, er kann etwas Türkisch . . .«
Das Kind, von dem sie spricht, liegt hinten im letzten Bett unten. In diesem Zimmer stehen zwölf Betten. Schwester Hildegard begrüßt das Kind auf deutsch und sagt ihm etwas über mich. Aber mir scheint, Merdan versteht nur wenig davon.
Ich gehe dazwischen: *»Merhaba, Merdan, Türkce anliyor musun?«**
Als erhellte das Zimmer 114 ein Blitz, so leuchtet Merdans Miene auf: »Klar doch, ich bin bosnischer Türke, da werd ich ja wohl Türkisch verstehen! In der ehemaligen Republik Jugoslawien hatten wir Türkisch in der Schule. Außerdem haben meine Eltern zu Hause mit mir Türkisch gesprochen . . .«
Merdan redet sehr schnell, in einem ungewohnten Türkisch. Er freut sich so, daß nach Monaten endlich einer zu ihm kommt, der mit ihm Türkisch spricht. Er ist

* »Hallo, Merdan, verstehst du Türkisch?«

kaum zu bremsen. Während ich ihm zuhöre, steigt eine Gluthitze in mir hoch. Ich habe Schmerzen, als würde mir das Haar versengt. Es ist kaum zu glauben, aber Merdan fehlen beide Arme, der eine vom Ellbogen abwärts, der andere ganz; auch von den Lenden an ist ihm alles wegamputiert worden. So ist er nur noch Kopf und Rumpf. Ein Kind wie ein Stumpf. Und der halbe Arm wie ein Griff daran. Im Bett kann er sich drehen, aber ich glaube kaum, daß er allein zur Toilette gehen und danach wieder sein Bett besteigen könnte. – Deutsche hatten ihn aus einem Berg Trümmern geborgen. Drei Tage hatte er bewußtlos darunter gelegen. Er hatte überall Verletzungen. Die zerquetschten Knochen waren brandig geworden. Den Ärzten blieb keine andere Wahl, sie mußten ihm Arme und Beine amputieren.
Er redet ohne Pause, wie ein Maschinengewehr. Anderen Kindern fügte man Arme oder Beine an, aber bei ihm ging das nicht. Merdan erzählt: »Guck doch mal, drei Betten weiter, da liegt der Augustin, der ist aus Burundi, vom Stamm der Hutu. Ihn hat der Krieg mitten im Schlaf erwischt. Der hat auch keine Beine mehr; aber er hat Hände, Arme. Der malt so schöne Bilder. Da vorne, kurz vor der Tür, liegt Samira, das Mädchen mit dem Kopfverband; die kommt aus Tschetschenien. Und da drüben, das ist Zilka, die ist aus Jugoslawien. Ich bin Moslem, sie ist Serbin. Sie haben sie aus der Krajina hergeholt. Guck sie dir mal genau an! Zilka hat auch keine Arme mehr. Und die kann kein Türkisch. Mit ihr spreche ich Serbisch. Wir haben uns hier kennengelernt. Wo hätten wir uns dort unten kennenlernen sollen? Seit

sechs Jahren ist überall in Jugoslawien Krieg. Zilka und ich haben uns gegenseitig versprochen, daß wir nie Krieg führen werden. Findest du nicht auch, daß sie schönes Haar hat? . . .« Er lächelt etwas verlegen. »In unserem Zustand könnten wir ja gar keinen Krieg führen, selbst wenn wir wollten. – Weißt du, ich wäre so gerne Lehrer geworden. Aber jetzt kann ich das nicht mehr. Und wenn, dann wär's nicht schön, sich so vor die Schüler hinstellen zu müssen. Ich habe keine Hand, keinen Finger mehr; schreiben kann ich auch nicht. Aber Zilka, die könnte Malerin werden, wenn sie wollte. Sie hat keine Hände und keine Arme, aber für solche wie sie gibt es Einrichtungen, die bringen einem bei, mit den Füßen zu schreiben und zu malen. Zilka soll da mitmachen. Aber ich hab ja nicht einmal Füße. So hat der Krieg mich zugerichtet. Ich habe auch keine Angehörigen. All meine Verwandten sind tot. Und wenn doch noch welche leben – wer weiß schon, wo.«
Von draußen dringt der Lärm der Autobahn in das Stationszimmer des Krankenhauses von Homberg. In meinem Kopf dröhnt Kriegslärm. Bomben werden abgeworfen. Geschosse pfeifen durch die Luft. Ich schaue Zilka tief in ihre Rehaugen. Sie springen sonderbar hervor, schweifen neugierig umher. Käme jemand sie besuchen, finge sie sofort an, alles mögliche zu erzählen. Ja, das würde wohl jedes Kind hier tun . . .
»Glaub mir, Fakir Baykurt«, sagt Merdan gerade zu mir, »Zilka könnte Malerin werden, weil sie Beine hat. Aber so was wie mich gibt's sonst nirgendwo. Ich könnte nur in einem Korb oder einem Rollstuhl leben. Ich habe

schon überlegt, ich könnte doch studieren und Rechtsanwalt werden. Ich habe eine Pflegerin. Die rasiert mich. Führt mich zur Toilette und ins Bad. Füttert mich. Aber heiraten könnte ich wohl nie. Zilka und ich, wir sind fast gleichaltrig. Ich bin dreizehn. Zilka zwölf . . . Aber . . .«
Zilka merkt sofort, daß Merdan von ihr spricht. Ich glaube, sie hat aber noch einiges mehr mitbekommen. Man kann auch etwas erspüren, und die beiden haben sich längst angefreundet. Sie sehen einander fürsorglich an.
Merdan spricht weiter:
»Ich glaube schon, daß wir heiraten könnten; aber darüber haben wir noch nicht gesprochen. Sie hat ja auch keine Eltern mehr, überhaupt niemanden. Unsere Lehrer sind tot. Wir haben keinen Menschen mehr. Das Fernsehen hat es ja gezeigt: Der Krieg in Jugoslawien hat uns alles genommen. Aber was ich nicht verstehe: Es ist doch schon alles kaputt – wie kann der Krieg da immer noch weitergehen?«
Er wirft sich ins Kissen zurück und schafft es, anschließend den Kopf wieder ein Stückchen zu heben. Er runzelt die Stirn wie ein Alter: »Die Erwachsenen sind total bescheuert! Da haben sich so viele zum Oberboß aufgeschwungen. Deutschland hat seinen Oberboß, Amerika, Rußland – aber alle haben sie immer nur einen. In Jugoslawien gibt es mindestens zehn davon! Keiner will vom Krieg ablassen. Und ständig müssen dafür Menschen sterben. Erwachsene genauso wie die Kinder. Wer nicht umkommt, bleibt ohne Arme und Beine zurück, so wie wir. Und jetzt frag ich dich eins –

vielleicht kannst du mir das ja beantworten –: Was haben die Kinder verbrochen? Wenn ich Jura studiert habe und bin irgendwann Rechtsanwalt, dann frag ich die ganze Welt: Was haben die Kinder verbrochen?!«
Ich würde Merdan gern etwas entgegenhalten: »Du sprichst von *den* Erwachsenen, aber das solltest du nicht so verallgemeinern. Unter den Erwachsenen gibt es auch viele, die keine Schuld trifft. Zum Beispiel die Mütter. Viele Väter ...«
Merdan verstummt und sieht mir in die Augen. Als hätte er verstanden, was mir durch den Kopf geht, sagt er: »Ich weiß – viele Frauen sind nicht schuld, vielleicht ein paar. Aber die Kinder haben doch überhaupt nichts getan! Oder doch? Sag schon! Du schreibst doch so viel, warum schweigst du jetzt?«
Plötzlich schreit er wie wild auf mich ein: *»Oder doch?«*
Er spricht Türkisch, aber außer mir versteht ihn keiner. Über dem Zimmer liegt plötzlich eine seltsame Atmosphäre. Die anderen Kinder glauben offenbar, Merdan beschimpfe mich. »Sag doch: Was hat Zilka verbrochen?«
»Sieh mal, Merdan ...« sage ich leise, »wie soll ich dir so schnell auf deine Frage antworten? Meine Meinung ist, die Kinder haben nichts verbrochen. Ich weiß, wer die Kriegsverbrecher sind. Wenn du mal ein bißchen zuhörtest, könnte ich dir etwas über Rüstungsmonopole und über die Herren der Wirtschaft erzählen. Oder manche Zeitungsleute sind auch schuld. Leute vom Rundfunk und vom Fernsehen. Sogar an Universitäten und in den Kirchen gibt es Leute, die den Krieg unterstützen.

Und sogar unter Lehrern sind einige mit schuld. Alle sind schuld, die die Saat des Krieges ausstreuen, die mal an dieses, mal an jenes Land die Lunte des Krieges legen. Aber ich finde, Merdan, auch diejenigen sind schuld, die nicht genug für den Frieden tun. Für den Frieden können auch Kinder etwas tun; und Kindern, die das nicht tun, kann man deshalb auch ein bißchen Mitschuld geben. Sei mir nicht böse, daß ich so denke, Merdan ... Denk mal drüber nach, wenn du allein bist ...«

Er ist sehr erregt und erwidert scharf: »O.K., das mache ich! Aber ich weiß sowieso: Die Kinder haben keine Schuld! Das mußt du einsehen. Was hat der Augustin aus Burundi denn verbrochen, daß in deren Haus eine Granate einschlug, als er im Bett lag und schlief? Was habe ich verbrochen, daß sie unser Viertel mit Artillerie beschossen haben? Daß unser Haus zerstört worden ist? Was hat Zilka verbrochen? Oder die Samira aus Tschetschenien?«

»Bis jetzt nichts; aber wenn ihr in Zukunft nichts für den Frieden tut, macht ihr euch auch schuldig ...«, will ich entgegnen, aber was würde es Merdan jetzt, in seiner schlimmen Lage, nützen?

Ich bleibe noch ein bißchen im Zimmer Nummer 114 der Kinderstation; dann setze ich meinen Rundgang durch die übrigen Krankenzimmer fort und fahre wieder hinauf in den vierten Stock. Mir ist zumute, als wäre ich verprügelt worden.

Während meines restlichen Aufenthalts im Krankenhaus von Homberg gehe ich noch zweimal hinunter zu Merdan. Er hat Augustin, den Jungen aus Burundi, für mich ein Bild malen lassen und überreicht es mir bei unserer letzten Unterhaltung. Ich nehme es mit nach Hause. Unser Haus leuchtet vom Weiß der Wandfarbe und vom Rot der Ziegel, über sich den weiten Himmel. Gegen Abend steigt Rauch aus dem Schornstein, verströmt grenzenloses Glück. Vor der Tür spielen ein paar Kinder. Der Vater kommt nach Hause, in der Hand eine kleine Tasche. Hinter einem Fenster ist schemenhaft die Mutter zu erkennen ...

Aus dem Türkischen von Hartwig Mau

Reiner Engelmann

Eine fast alltägliche Geschichte

Wenige Tage nachdem ich Achmad Sha in Hamm besucht habe, fällt mir eine Zeitungsmeldung vom Oktober 1994 in die Hände. Sie lautet:

Gestern wurden in Kabul mehrere Wohngebiete aus der Luft bombardiert. Einer der abgeworfenen Sprengkörper traf einen Wohnblock, in dem Vertriebene Zuflucht gesucht hatten. Bei der Explosion kamen zehn Menschen ums Leben. Zahlreiche wurden verletzt. Unter den Opfern befinden sich mehrere Kinder.

Ich weiß nicht mehr, wie ich damals reagiert habe, als ich die Zeitungsmeldung zum ersten Mal las.
War ich entsetzt?
War ich schockiert?
Habe ich im Bekanntenkreis darüber geredet?

Hat diese Meldung mich überhaupt berührt, oder habe ich nur flüchtig darüber hinweggelesen, mich anderen Nachrichten, den großen Schlagzeilen zugewandt?
Was sollte ich anfangen mit der Meldung »Zehn Tote, zahlreiche Verletzte, unter den Opfern auch Kinder.«
Heute sehe ich die Dinge etwas anders.
Die statistischen Angaben dieser Meldung sind konkreter geworden.
Eines der unzähligen Opfer ist für mich aus seiner Anonymität herausgetreten. Ich habe Achmad Sha kennengelernt, und durch seine Geschichte sind mir auch die unzähligen Opfer vorstellbarer geworden.
Die Ereignisse lassen sich nicht so genau rekonstruieren, um zu behaupten, Achmad Sha sei bei dem in der Zeitungsnotiz erwähnten Luftangriff schwer verletzt worden. Dafür gab es zu dieser Zeit – und gibt es heute immer noch – zu viele solcher Angriffe mit Toten und Verletzten. Einzig die Zeit und der Ort deuten darauf hin, daß Achmad Sha unter den Opfern gewesen sein könnte.
Was genau passiert ist, darüber kann er nicht reden. Zu schmerzhaft sind seine Erinnerungen daran, zu groß seine Angst vor diesem Krieg.
Wenn ich aber seine Informationen mit denen seiner Gastfamilie in Hamm und denen seines Onkels wie Mosaiksteine zusammensetze, bekommt seine Geschichte Konturen. Ob sie so stimmt, das weiß ich nicht. Aber so könnte sich alles zugetragen haben:

Achmad Sha stammt für die Verhältnisse in dem afghanischen Bürgerkriegsland aus einer einigermaßen wohlhabenden Familie. Der Vater ist Arzt in einem Krankenhaus in Kabul. Seit dem Ausbruch des Krieges muß er oft Überstunden machen, weil besonders nach Luftangriffen die Verletzten medizinisch versorgt werden müssen. Dann hat sein Arbeitstag keinen Feierabend, nächtelang arbeitet er in dem nur dürftig eingerichteten Operationssaal, um den Opfern Splitter zu entfernen oder Gliedmaßen zu amputieren.

In stickigen Krankenzimmern liegen die Patienten, manchmal zu zweit, mit zum Teil offenen, eiternden Wunden in Betten, an denen der Lack abblättert. Selbst die Ventilatoren an den Decken machen die Luft nicht erträglicher. Bei den Laken kann man nur ahnen, daß sie einmal weiß waren. Jetzt ist ihr grauer Grundton mit Flecken von Eiter und Blut übersät. Die Ärzte tun, was sie können, doch in der Regel sind die Krankenhäuser nur unzureichend mit Medikamenten wie Schmerzmitteln und Antibiotika sowie hygienischen Operationsbestecken ausgestattet.

Selten findet Achmad Shas Vater zwischendurch mal Zeit, wenigstens nur eine Stunde auf einer Pritsche im Nebenraum auszuruhen. Es kommt vor, daß er mehrere Tage, manchmal sogar Wochen, nicht nach Hause zu seiner Familie kann. Seine größte Angst ist es, vielleicht einmal seine Frau oder seinen Sohn schwer verletzt auf dem Operationstisch liegen zu sehen.

Die Mutter von Achmad Sha ist für die Versorgung der Familie zuständig. Das ist keineswegs eine einfache Aufgabe. Zwar hat ihr Mann als Arzt ein gutes Einkommen,

aber für dieses Geld kann sie häufig nichts kaufen, weil es nichts gibt. So muß sie immer wieder auskundschaften, auf welchen Märkten und in welchen Geschäften sie wenigstens die notwendigsten Lebensmittel bekommt, die sie für die Familie braucht. Es kommt vor, daß sie für einen Liter Milch oder einen Laib Brot tagelang unterwegs ist, immer wieder nachfragen muß und sich schließlich in eine Schlange weiterer Kunden einreiht.
Bevor sie sich auf den Weg zu einem Geschäft oder einem Markt macht, bringt sie Achmad Sha bei einer Nachbarsfrau unter. Jeder Abschied von ihrem Sohn ist von Angst geprägt. Angst, er könnte sich bei einem Bombenangriff nicht rechtzeitig in den Keller des Hauses retten, Angst vor Plünderungen der Soldaten, die bei diesen Aktionen die Hausbewohner umbringen oder entführen. Oft genug hat sie davon gehört, um es in ihre Vorstellungen einzubeziehen. Sie weiß, daß Kinder von Soldaten in Hubschrauber verfrachtet wurden und dann, irgendwo über dem Land, aus einigen hundert Metern Höhe bei lebendigem Leib hinausgeworfen wurden.
Es ist jedesmal aber auch die Angst, sie selbst könnte nicht mehr zurückkehren. Sie weiß, daß neben den Wohngebieten besonders Geschäftshäuser und Märkte Angriffsziele von feindlichen Flugzeugstaffeln sind. Menschen, die bei solchen Angriffen tödlich verletzt wurden, hat sie schon häufig an Straßenrändern und auf Plätzen gesehen. Gelegentlich machen sich Hunde über die Leichen her, und sie versucht dann, sie mit Steinen zu vertreiben.

Was Frieden bedeutet, konnte sich Achmad Sha viele Jahre nicht vorstellen. Ob er es jemals wirklich können wird, ich weiß es nicht. Zu tief ist die Angst durch diesen Krieg in ihm verwurzelt.
Irgendwann im vierten Jahr des Bürgerkriegs wird er geboren. Schon von klein an macht er die Erfahrung, daß beim Anflug feindlicher Flugzeuge panische Hektik bei den Eltern ausbricht. Er wird aus dem Bett gerissen, notdürftig in eine Decke gewickelt und findet so, in den Armen der Mutter, im Keller des Hauses Zuflucht, der wenigstens etwas Schutz vor den Bomben bietet.
Achmad Sha begreift schnell die Gefahr, die von den anfliegenden Bombern ausgeht. Nachts schläft er unruhig, schon Motorgeräusche vorbeifahrender Fahrzeuge lassen ihn aufschrecken in der Angst vor Flugzeugen.
In den nächsten Jahren freundet sich Achmad Sha mit einigen Kindern aus der Nachbarschaft an. Sie wollen miteinander spielen, im Spiel den Krieg wenigstens für einige Stunden vergessen. Und sie spielen, wie und was Kinder in diesem Alter spielen, mit Bällen und Murmeln, sie spielen Nachlaufen und Verstecken – immer im Hof, immer in der Nähe des Hauses, in das sie bei einem Bombenangriff flüchten können. Und flüchten müssen. Immer wieder.
An einem kalten Nachmittag, irgendwann im Oktober 1994, ist Achmad Sha wieder mit seinen Freunden draußen auf dem Hof. Er hat seinen Ball mitgebracht, sie wählen zwei Mannschaften und beginnen ein Fußballspiel. Die Mannschaft, in der Achmad Sha mitspielt, mußte schon zwei Tore einstecken. Sie feuern sich

gegenseitig an, Spieler, die sich aus der Deckung der gegnerischen Mannschaft freigelaufen haben, geben Zeichen, daß man ihnen den Ball zuspielen kann, und stürmen los.
Im Spiel haben sie die heranfliegenden Flugzeuge zu spät bemerkt. Als sie das Dröhnen der Bomber hören, ist es schon fast zu spät. Sie laufen los, rennen, rennen um ihr Leben, versuchen das Haus zu erreichen, Achmad Sha hat noch ein gutes Stück vor sich, zwanzig oder dreißig Meter über den Hof bis hin zu dem Haus, zum Keller, der Rettung bedeuten würde, als eine Bombe mit einem Höllenlärm in der Nähe des Hauses einschlägt. Die Erde bebt, unzählige Splitter von zerborstenen Fensterscheiben und der Bombe surren durch die Luft. Getroffen bricht Achmad Sha zusammen. Nur wenige Minuten später rennt sein Vater aus dem Haus, hinaus auf den Hof, schreiend nimmt er seinen Sohn in den Arm. Achmad Shas Kleider sind von Blut durchtränkt, das linke Bein baumelt haltlos nach unten.
Kurze Zeit später fahren die ersten Krankenwagen vor, um die Toten und Verletzten zu bergen. Erst auf der Fahrt zum Krankenhaus merkt der Vater, daß Achmad Sha noch lebt.

Während der drei Monate, die Achmad Sha in einem Kabuler Krankenhaus verbringt, wird er viermal operiert. Sein Körper ist übersät von Bombensplittern, sein linkes Bein zerfetzt.
Nach seiner ersten Operation versucht er, jede Bewe-

gung zu vermeiden, denn die schmerzhaften Entzündungen, die zu eitern beginnen, plagen ihn.
Die Ärzte sind in großer Sorge, ob sie Achmad Shas Bein retten können. Durch die Operation konnte es zwar bislang erhalten bleiben – sicher würde es später steif sein, darin sind sie sich einig –, aber die offenen Wunden, die nicht verheilen wollen und immer wieder eitern, da neben vielen anderen Dingen gerade auch Antibiotika für die Behandlung fehlen, lassen letztlich nur eine Entscheidung zu: Amputation.
Achmad Sha hat in dieser Situation, wie auch einige andere Kinder, etwas mehr Glück als viele andere.
Ein deutsches Ärzte-Team, das im Januar 1995, wie schon öfter in den letzten Monaten, das Krankenhaus besucht, entscheidet, daß er zusammen mit anderen verletzten Kindern in ein Krankenhaus nach Deutschland gebracht werden soll.

In den folgenden zehn Monaten wird er dort sechsmal operiert, Splitter, die sich noch überall im Körper befinden, werden entfernt, und sein linkes Bein kann durch diese Eingriffe erhalten werden. Allerdings ist es einige Zentimeter kürzer als das rechte. Eine Schiene gibt ihm Halt. Zum Laufen wird er Krücken brauchen.
»Ich mag diese blöden Dinger nicht«, protestiert Achmad Sha, nachdem er ein paar Tage aus dem Krankenhaus entlassen war und Familie L. ihn bis zu seinem Rückflug nach Afghanistan aufgenommen hatte. Dabei wirft er die Krücken in eine Ecke des Wohnzimmers.
Familie L. ist eine der Familien in der Region Hamm, die

sich entschlossen haben, kriegsverletzte Kinder aus verschiedenen Ländern, die im Städtischen Krankenhaus behandelt wurden, für einige Wochen aufzunehmen. Mit großer Geduld erklärt Frau L. dem Jungen immer wieder, daß er die Krücken nur für eine längere Übergangszeit brauche, bis sein Bein erneut operiert sei. Dann könne er wieder ohne diese Hilfsmittel laufen. Achmad Sha weiß das und sieht das auch alles ein. Es ist auch nicht immer so, daß die Krücken ihn stören. Nur, wenn er mit den Kindern der Familie L. nach draußen will, zum Spielplatz oder zum Sportplatz oder zum Radfahren, dann wünscht er diese blöden Dinger zum Mond. In diesen Momenten denkt er oft an seinen Freund aus Afghanistan, den er im Krankenhaus kennengelernt hat und dem, als er auf eine Mine trat, der Unterschenkel abgerissen wurde. »Warum haben die mir nicht auch mein Bein abgemacht«, sagt er dann in gutem Deutsch, das er während der Monate im Krankenhaus gelernt hat, »dann hätte ich jetzt auch eine Prothese wie Nasir und könnte ohne die blöden Dinger laufen.« Dabei schaut er verächtlich seine Krückstöcke an.

Während der Zeit bei Familie L. entwickelt Achmad Sha zwei Leidenschaften.
Besonders gerne mag er Techno-Musik. Immer, wenn er die Möglichkeit dazu hat, hört er sie sich im Radio oder auf Kassette an oder schaut sich die Musiksendungen auf den Musikkanälen im Fernsehen an. Für seine Rückkehr nach Afghanistan hat er vorgesorgt. Einen ganzen Stapel bespielter Bänder will er mitnehmen.

Gerne mitnehmen würde er auch ein Fernsehgerät aus Deutschland, damit er sich in seiner Heimat weiterhin die Zeichentrickfilme oder die Serien im Vorabendprogramm ansehen kann. Immer, wenn er diesen Wunsch äußert, schmunzelt der Rest der Familie. Ein Fernsehgerät könnte er zwar mitnehmen, das ließe sich vielleicht irgendwie organisieren, erklären sie ihm dann. Aber die Sendungen, das sei nun mal nicht möglich.
Es sind aber nicht nur die Zeichentrickfilme und die Serien, die Achmad Sha am Fernsehen interessieren. Wann immer es ihm möglich ist, schaut er sich Nachrichtensendungen und Auslandsmagazine an. Hier interessieren ihn besonders die Berichterstattungen aus seinem Heimatland. Und es wird berichtet. Von Bombenangriffen auf Kabul und andere Städte. Dabei wird er ganz still, denkt an seine Eltern. Ob sie noch rechtzeitig in den Keller gekommen sind? Er will es wissen. Familie L. kann ihm dann nur gut zureden und mit ihm hoffen, daß den Eltern nichts passiert ist. Aber das genügt ihm oft nicht.
Noch ein paar Tage, nur noch ein paar Tage, dann fliegt er zurück nach Afghanistan. Dann wird er Gewißheit haben.

KLAUS HELLING

Hammer Forum e. V.

Humanitäre Hilfe kann nichts bewegen, nur lindern

Das HAMMER FORUM wurde am 12. März 1991 während des Golfkrieges von Ärzten und Bürgern gegründet, die der Not und dem Elend, das besonders die Kinder hart getroffen hatte, nicht länger tatenlos zusehen wollten.
Ca. 270 Kinder wurden seitdem nach Deutschland geflogen und behandelt, aus dem Irak, aus Afghanistan, Sarajevo und Angola; Kinder im Alter von vier bis ca. 13 Jahren. Schon längst sind die meisten von ihnen nach der Behandlung in ihre Heimat zurückgeflogen.
Ohne die Leistungen aller Beteiligten herabsetzen oder schmälern zu wollen, ist zu sagen, daß der Initiator und Motor des Forums Dr. Klaus Helling ist und war.

DIE ANFÄNGE

Schwierigkeiten, die Initiative zur Hilfe der Zivilbevölkerung des Iraks ins Leben zu bringen, gab es damals mehr als genug. Bereits zweimal hatte es zu Anfang Fahrten in den Irak gegeben, die erfolglos geblieben waren, weil die irakischen Behörden die Aktionen hatten ins Leere laufen lassen. Nach einer gewissen Regenerationszeit gelang es einer jungen Frau von »res infantis« zusammen mit dem HAMMER FORUM, einen Transport zu organisieren. Nun willigten auch die Iraker nach anfänglichem Zögern ein, ihre Kinder zur medizinischen Versorgung in das für sie feindliche Ausland zu schicken.

Schwierigkeiten stellten sich der Hammer Organisation häufig auch, wenn sich die Gefahren der Vereinnahmungen von den diversen religiösen und politischen Strömungen zeigten.

Nachdem die Hammer Initiative auch in Deutschland die bürokratischen Hürden – Aufenthaltsberechtigung und Garantie des HAMMER FORUM, für die Versorgung der Kinder und für ihren Rückflug aufzukommen – überwunden hatte, konnte die eigentliche humanitäre Hilfe starten.

DIE ARBEIT

Das HAMMER FORUM organisiert Transporte von Kindern aus den Krisengebieten dieser Welt, die dort nicht die medizinische Hilfe erhalten können, die sie brauchen. Die Kinder werden in Deutschland in Kliniken weitgehend kostenfrei gepflegt und behandelt. Nach ihrer Genesung kehren sie alle in ihre Heimat zurück. Die Arbeit des Vereins ist dabei nicht konfessionell oder politisch gebunden, sondern rein humanitär orientiert.

Das HAMMER FORUM trägt sämtliche Kosten, die für den Hin- und Rücktransport, die Bekleidung, und die Betreuung der Kinder anfallen.

Die meisten der zahlreichen Helfer arbeiten ehrenamtlich.

Sehr engagiert und deshalb auch besonders hervorzuheben sind das Sanitätsbataillon 7 und der Malteser Hilfsdienst, die oft Transporte übernommen haben. Aber auch die zahlreichen Helfer vor Ort, die für Kontakte und Zusammenarbeit Sorge tragen, sind sehr wichtig im Organisationsgefüge.

WEITERE HILFSMÖGLICHKEITEN

Bei der Bewältigung seiner Aufgaben ist das HAMMER FORUM auf ehrenamtliche Arbeit angewiesen. Wer helfen möchte, kann sehr viel tun. Spenden gehören dazu; aber auch Gastfamilien, die Kinder kurzfristig aufnehmen oder sie z. B. während des Klinikaufenthaltes besuchen und sich um sie kümmern, sind sehr wichtig, da einige Kinder bis zu ca. einem Jahr hier sind. Wer etwas tun möchte, kann die Kinder in der Übergangszeit zwischen ihrer Entlassung und ihrem Heimflug betreuen, kann Fahrten übernehmen, kann Transporte zwischen den Kliniken bzw. von den Kliniken zu den einzelnen Ärzten durchführen, kann mit den Kindern spazierengehen oder aber ganz einfach etwas von der Verwaltungsarbeit erledigen.

Wer Interesse an der Mitarbeit hat oder weitere Informationen benötigt, kann sich gerne unter den Rufnummern 02381-9860 (986-555/6) mit dem HAMMER FORUM in der Klinik für Manuelle Therapie in Hamm in Verbindung setzen.

DIE FINANZIERUNG

Finanziert wird die humanitäre Hilfe allein aus Spenden. Von den Spendengeldern werden die Hin- und Rückflüge der Kinder bezahlt. Die medizinische Behandlung in bundesdeutschen Krankenhäusern ist weitgehend kostenlos.
Die Verantwortlichen betonen, daß seit der Gründung des HAMMER FORUM die Kosten für den notwendigen Verwaltungsaufwand bei einem sehr geringen Prozentsatz des Spendenaufkommens »eingefroren« worden sind.

aus: Meiers Allgemeine Zeitung

NINA SCHINDLER

Don't shoot

Das ist Jovan«, sagte Herr Bergmann. Einen Augenblick lang sah es so aus, als ob er väterlich den Arm um Jovans Schulter legen wollte. Doch etwas in Jovans Haltung schien das nicht zuzulassen, Herrn Bergmanns Arm ruderte durch die Luft und sank dann wieder herunter.

»Jovan kommt aus Jugoslawien, äh, Exjugoslawien, muß man ja wohl sagen, und wohnt hier bei Verwandten. Er kommt in unsere Klasse, und ihr müßt mithelfen, daß er sehr schnell Deutsch lernt, damit er sich hier bald zu Hause fühlt.«

Herr Bergmann lächelte kurz, offenbar war er mit seiner Rede zufrieden. »Wie ihr alle wißt, tobt ja in – äh – Exjugoslawien seit Jahren ein Bürgerkrieg, ihr habt das bestimmt schon in der Tagespresse gesehen, und wir haben ja auch neulich in ›Politik aktuell‹ darüber gesprochen. Tja, und genau deshalb haben Jovans Eltern ihn hierhergeschickt. Also, Herrschaften, macht es ihm leicht.«

Herr Bergmann senkte den Kopf, wie er es immer tat, wenn er seine Lesebrille aufhatte und in die Klasse schaute. Er runzelte die Stirn und ließ den Blick über die Gesichter gleiten.

Die Kinder aus der 6 b sahen den Neuen an. Er war mindestens einen Kopf größer als Olaf, und Olaf war der Größte und Stärkste in der Klasse. Man konnte Jovan ansehen, daß er noch nicht lange hier lebte – er sah schon ein bißchen anders aus, er trug keine coolen Klamotten, sondern eine Hose mit Bügelfalten, und er hatte einen ganz altmodischen Haarschnitt ...

»Fehlt nur noch 'n Schlips«, tuschelte Svenja in der ersten Reihe ganz laut, und ein paar kicherten. Herr Bergmann warf ihr einen mahnenden Blick zu und räusperte sich.

»Tja, wo soll ich Jovan nun hinsetzen? Olaf, wie ist das mit dem Platz neben dir? Der ist doch frei, nicht wahr?«

Olaf nickte. Klar war der Platz frei, seitdem Jochen weggezogen war. Wußte doch jeder. Er seufzte. Na, mal sehen, wie der Neue so war.

Eins war ziemlich schnell klar: Der Neue war nicht nur groß, sondern auch stark. Das bekam als erster Andi zu spüren, als er bei Jovan seine Rempeltaktik im Treppenhaus einsetzte. Ehe Andi wußte, wie ihm geschah, saß er auf der Treppe; danach ließ er Jovan in Frieden.

Die Klasse gewöhnte sich an den Neuen, Olaf ebenfalls,

auch wenn er den Tisch nun nicht mehr für sich allein hatte.
Jovan war sehr still, niemand aus der Klasse wußte, wie gut oder wie schlecht er nun Deutsch konnte. Er sprach kaum jemals von sich aus, und die Lehrer fragten ihn nur selten.
Am leichtesten war es in Mathe, da mußte er nicht reden, da konnte er einfach an die Tafel gehen und die Aufgabe rechnen, die dort stand. In Rechnen war er gut.
»Kein Wunder!« Tim, der bisher das Rechenas der 6 b gewesen war, schnaubte verächtlich. »Der ist ja bestimmt zwei Jahre älter als wir, die haben den doch nur wegen dem Deutschlernen zu uns gesteckt.«
Tim grollte, und die anderen konnten das verstehen. Schon ganz schön gemein, wenn man plötzlich nicht mehr der Beste ist, weil ein Älterer immer alles schon weiß.
Jovan trug bald auch Jeans und Sweatshirts wie die anderen, und wenn seine dichten dunklen Locken nicht gewesen wären, dann wäre er überhaupt nicht mehr aufgefallen. Die Locken waren der Grund, daß die Mädchen sich alle der Reihe nach in ihn verliebten, aber wenn sie ihm Zettelchen schrieben und fragten, ob er mit ihnen gehen wolle, dann knüllte er die nur zusammen und warf sie weg. Vielleicht konnte er dafür noch nicht genügend Deutsch.
Olaf fand es mittlerweile ganz gut, daß Jovan neben ihm saß. Besser so ein Ruhiger als so eine Schwatzbacke wie Tim, auch wenn Tim sonst Olafs bester Freund war.

Dann kam der Tag, an dem Olaf sein Portemonnaie verlor. Plötzlich war es verschwunden, mitsamt seinem ganzen Taschengeldrest: zehn Mark!
Olaf hätte heulen können! Das Portemonnaie verlieren! Wie konnte er nur so blöd sein! Oder hatte es ihm jemand geklaut? Blödsinn! In der zweiten großen Pause suchte er noch mal den ganzen Schulhof ab und fragte auch den Hausmeister: Nichts.
In der anschließenden Deutschstunde saß er da und brütete vor sich hin. Pleite! Für den Rest der Woche keine Einkäufe mehr am Kiosk, keine Bravo – nix mehr!
Da schob auf einmal Jovan seine Hand über den Tisch, unter der Hand war Olafs Portemonnaie. »Deins, ja? War Turnhalle.«
Olaf schluckte und griff erleichtert nach dem bunten Plastiktäschchen. »Mensch, danke! Vielen Dank!«
Jovan grinste ein bißchen und zuckte mit den Achseln.
Nett von Jovan! Wie konnte Olaf sich jetzt bei ihm bedanken?
Nach der Stunde kam ihm eine Idee, als Tim ihn fragte, ob sie am Nachmittag wieder ballern wollten. Ballern – das hieß am Computer spielen, und da kamen alle Baller-Freaks gern zu Olaf, denn der hatte einen älteren Bruder, der an alle, aber wirklich alle Spiele rankam, die es überhaupt nur gab.
»Klar können wir heute nachmittag ballern. Und Jovan kann auch mitkommen – wenn er will.«
Olaf sah Jovan an.
Der legte den Kopf etwas schief. »Ballern kommen? Weiß ich nicht. Was ist das?«

Olaf grinste. »Das zeigen wir dir dann. Okay?«
Jovan grinste auch. »Okeh«, sagte er dann, aber es klang irgendwie noch nicht richtig amerikanisch.

Tim kam um drei, zusammen mit Jovan, den er unten vor dem Haus getroffen hatte.
Olaf war ganz aufgeregt. »Meeensch, Timmie, du hast ja keine Ahnung, Gunnar hat ›Rise of the Triad‹ und ›Doom 2‹ gekriegt! So was Geiles, sag ich dir! Ist schon auf der Festplatte installiert! Wir können gleich loslegen.« Er wandte sich stolz an Jovan. »Das sind nämlich indizierte Spiele – also, eigentlich sind die verboten, aber Gunnar hat einen Kumpel, der kommt auch an so was ran! Und das ist ein wahnsinnig cooles Spiel, sag ich dir! Da geht was ab!«
Der Computer stand zwar in Gunnars Zimmer, aber Olaf durfte da spielen, wenn der große Bruder nicht da war, und die drei setzten sich nebeneinander vor den Bildschirm. Timmie links griff gleich nach dem Joystick, packte ihn mit der Linken und fuchtelte mit der Rechten wild daran herum.
Olaf grinste. »Nee, mein Lieber! Is nicht mit Joystick! Das hier läuft alles über Tasten, nur dann bist du so schnell, daß du sie alle erledigen kannst.«
Er fummelte an den Tasten rum und schaltete den Bildschirm ein. »Ich hab noch Mortal Combat drauf. Das andere wollte ich erst spielen, wenn ihr da seid, ich muß hier eben noch einen Level weiterkommen und absaven, Moment noch.«
Auf dem Bildschirm gingen zwei Kämpfer mit Fäusten

und Fußtritten aufeinander los, sprangen sich an, rollten voneinander weg und hieben aufeinander ein. Ströme von Blut quittierten jeden Treffer, und schließlich blieb der Gegner liegen, und Olaf murmelte zufrieden: »Hab ich dich«, während seine Punktezahl wuchs.
Mit einem schnellen Blick registrierte er, daß Jovan mit weit aufgerissenen Augen dasaß.
»Toll, nicht?« Olaf tippte auf die Cursortasten und ließ »Mortal Combat« vom Bildschirm verschwinden.
»Jau«, seufzte Tim andächtig. »Bei ›Mortal Combat 1‹ war aber noch ein irrer Gag, da konnte man dem Feind den Kopf abreißen, und dann hing noch die ganze Wirbelsäule dran.«
»Ey, das war stark, was?« Olaf war schon wieder am Tippen, aber er sah, wie Jovan lächelte. »Stark, ja?« wiederholte er.
»Stark.« Jovan nickte.
»Na, dann wart mal ab, da wirst du jetzt aber was erleben können!« Olaf hatte mittlerweile »Doom« geladen; so ein Spiel schluckte ganz schön viel Megabyte, der Rechner brauchte immer einige Zeit.
Diesmal wurde nicht mit Fäusten oder Füßen gekämpft, diesmal setzten die kleinen Männchen auf dem Bildschirm alle möglichen Waffen ein, von der Motorsäge über den Laser bis zum Raketenwerfer. Es dröhnte und donnerte, es explodierte und knallte am laufenden Band.
»He, laß mich auch mal!« Tim streckte die Hand nach den Cursortasten aus.
»Okay.« Olaf rückte ein wenig zur Seite.

Nun war Tim derjenige, der das wilde Gemetzel regierte. Er wanderte in einem riesigen Gemäuer von einem Zimmer ins andere, und immer kamen hinter irgendeiner Ecke wieder Feuerstöße hervor, da lauerte der Feind, und den mußte Tim beziehungsweise sein Männchen besiegen, vernichten. Gefangene wurden nicht gemacht.
Doch Tim war zu leichtsinnig, und es dauerte nicht lange, da war sein Kämpfer selbst besiegt, vernichtet, und er mußte von neuem beginnen. Der nächste Durchgang war noch kürzer, dann war Olaf wieder dran, der schaffte es mindestens doppelt so lange, dem Feind standzuhalten, bevor es sein Männchen im Tarnanzug erwischte.
»Geil«, sagte Tim andächtig. »Da müssen wir noch lange üben.«
Olaf rückte jetzt nach der anderen Seite und zeigte auf die Tastatur auf dem Tisch. »Da. Willst du auch mal?«
Jovan starrte wie gebannt auf den Bildschirm. »Ich – nein.« Dann sah er Olaf an. »Weiß nicht.«
»Och, das lernst du ganz schnell.« Olaf kam sich Jovan gegenüber richtig erfahren vor, wie so ein richtig alter Kämpfer, der wußte, wo es langging.
»Mach doch mal ›Triad‹«, drängelte Tim. »Ich muß um fünf wieder los, und ich würde so gern noch mal sehen, wie das geht. Markus hat gesagt, es wäre bärenstark, ganz doll spannend und so.«
»Von mir aus.« Olaf war heute ein großzügiger Freund. Schließlich hatte er ja auch sein Portemonnaie wiedergekriegt, und außerdem konnte er »Doom« nachher immer noch spielen, bis Gunnar wiederkam.

Er lud »Rise of the Triad«. »Weißte überhaupt, was 'ne Triad ist, Timmie?«
»Nö. Was denn?«
»Und du, Jovan?«
»Nein, ich nicht weiß.«
»Also, das sind chinesische Gangsterbanden, so wie Mafia und so. Paßt mal auf! Hier geht die Action aber ab!«
Mittlerweile sah man unten in der Bildschirmmitte eine Waffe, die ein unsichtbarer Kämpfer gegen die anstürmenden Feinde einsetzte. Das waren in grüne Uniformen gekleidete Figuren –
»Ihhh! Seh'n ja aus wie Nazis, guck mal!« Tim ist ganz aufgeregt und zappelt auf seinem Hocker rum. »Nu mach doch schon! Paß auf! Da kommt wieder einer!«
Olaf hämmert auf die Tasten – die Gefahr ist gebannt. Die Waffe in der unteren Bildschirmhälfte bewegt sich räumlich vorwärts, umgeht Wände, tritt durch Türen.
»Vorsicht, da kommt einer!«
Olaf hat aufgepaßt. Der Gegner fleht ihn an: »Don't shoot, please, don't shoot!« Doch Olaf schießt, und eine kleine rote Blutlache breitet sich am Boden aus – wieder ein Feind weniger.
»Don't shoot, please, don't shoot!« Knatterknatter – und weiter!
Olaf hat vergessen, wo er ist. Er lebt mit seinem Kämpfer dort in diesem seltsamen Gewirr von leeren Räumen und wagt sich immer weiter vorwärts, den Finger über den Tasten, immer zum leisen Druck bereit, der mit dem Abdrücken einer Waffe identisch ist: »Dich krieg ich, dich auch!«

»Don't shoot, please, don't shoot!« sagen die grünen Uniformmännchen mit ihren blechernen Maschinenstimmen, aber Olaf nietet sie alle um, macht sie platt – wie in einem Rausch.

»Wahnsinn! Das ist ja irre!« Tim ist begeistert.

Olaf kommt wieder zu sich. Er atmet tief durch.

»Du«, fragt Tim, »was ist eigentlich, wenn du das machst, was sie sagen? Ich meine, wenn du sie leben läßt?«

»Was? Och, dann ballern sie mich ab. Das ist nur eine Finte, weißt du.«

Tim schüttelt den Kopf. »Ganz schön raffiniert, hä?«

Olaf sieht zu Jovan hin. Der hat sich schon seit Minuten nicht mehr bewegt, er hat den Kopf in die Hände gestützt, Olaf kann sein Gesicht nicht sehen.

»Na, Jovan? Toll, was?«

Jovan räuspert sich. »Was – was heißt dohnschutplies?«

»Was? Was meinst du? Ach, so, ›don't shoot, please, das heißt ›bitte, schieß nicht‹.«

»Und warum du schießt immer doch?«

»Och, das weiß ich längst, das ist nur ein Trick. Wenn ich mich davon reinlegen lasse, bin ich selber hin. Da mußt du hart bleiben, Mann, sonst ist es aus!«

Jovan nimmt die Hände runter und sieht Olaf an. Jovans Gesicht ist naß, und immer noch fließen Tränen.

»Hat mein Bruder auch gesagt, schieß nicht, damals. Aber jetzt tot. Kein Spiel. Tot.«

PETER GROSZ

heimatlied

mein land. mein fremdes
land. der himmel
unbewohnbar wie der tod
und hinter den hügeln lauert
die nacht. sperrgebiete
schießen über die hänge. mein land
ist ein haus mit ungezählten
leichen im keller. die tür
schlägt den träumern ins gesicht. mein
fremdes land: ohne erinnerung
kriecht der große fluß. mein
land. deins. mein kind

ROSWITHA FRÖHLICH

Wo bleibt Milan?

Wo bleibt Milan? Warum kommt er ausgerechnet heute zu spät? Duro, Ljubica, Igor und die anderen wundern sich. Wie jeden Vormittag, seit die Schule ausfällt, haben sie sich hier auf dem Trümmerfeld, hinten am ehemaligen Busbahnhof, verabredet, um ihre Kletter-Mutproben zu veranstalten und die Zeit zu nutzen. Kletter-Mutproben sind Sport. Kletter-Mutproben sind besser, als daheim herumzusitzen und sich die traurigen Reden von ihren Leuten anzuhören oder irgendwo Schlange zu stehen oder bei der Gartenarbeit zu helfen und was es da sonst noch alles zu tun gibt. Duro, Ljubica, Igor und die anderen kennen sich aus damit. Jetzt hocken sie dicht beieinander auf einem der Mauerreste, kauen die Lakritzbonbons, die Duros Tante neulich aus Deutschland geschickt hat, und sehen dauernd in die Richtung, aus der Milan endlich kommen

müßte. Aber vergeblich. Von Milan ist weit und breit nichts zu sehen.
»Verrückt«, sagt Duro und läßt die Bonbontüte noch mal herumgehen. »Womöglich hat er's mit der Angst bekommen.«
»Pff! Milan und Angst!« Ljubica, die neben ihm sitzt, schüttelt den Kopf. Auch die anderen werfen Duro einen verständnislosen Blick zu. Milan und Angst! Ausgerechnet Milan! Immerhin war er es, der die Mutproben-Wette erfunden hatte, die sie für heute geplant haben. Die sogenannte Himmelfahrtsmauer, an die sich noch keiner herangewagt hat, würde er heute besteigen, hat er gestern stolz verkündet und das mit der Wette vorgeschlagen. Sie würden schon sehen, daß er die Wette gewinnt. Und als Belohnung wolle er nichts anderes als das Gewehr, das Duro neulich im Wald gefunden hat. Duro dürfe sich dann zum Trost etwas von ihm wünschen. Vielleicht würde er sogar die neuen Turnschuhe für ihn opfern, die seine Oma neulich für ihn erstanden hat!
Die Himmelfahrtsmauer, von der Milan gesprochen hat, ist der höchste und gefährlichste Mauerrest hier auf dem Trümmerfeld. Ursprünglich gehörte sie zu dem Hochhaus, das früher, vor dem Granateneinschlag, hier gestanden hat. Ljubica hat das Wort erfunden. Nie im Leben würde sie dort hinaufklettern, hat sie neulich bei einem ihrer Mutproben-Treffen versichert. Da könne man ja auch gleich gen Himmel fahren zu den lieben Englein, bevor man dort oben herumkletterte und abstürzte.

Mittlerweile ist fast eine halbe Stunde vergangen, seit Duro, Ljubica, Igor und die anderen auf Milan warten, und immer noch sehen sie dauernd in die Richtung, aus der er endlich kommen müßte.
»Vielleicht haben sie ihn zu Hause nicht fortgelassen«, sagt Ljubica schließlich und springt auf. Dann beginnt sie, ein bißchen herumzuklettern, und winkt den anderen von oben zu.
»Na ja, vielleicht«, murmelt Duro und steckt die Bonbontüte wieder fort.
Auch Igor murmelt irgend etwas. Dann gibt er den anderen ein Zeichen. »Los! Schluß mit der Warterei!« ruft er. »Irgendwann wird er schon kommen!«
Und dann, kaum hat Igor es gerufen, sind alle wieder eifrig beim Üben und balancieren überall herum. Ovej wagt sich sogar auf die Himmelfahrtsmauer – wegen der Wette. Immerhin könnte man es ja damit mal versuchen. Auch er winkt den anderen zu, als er ein paar Meter geklettert ist. Dann allerdings gibt er wieder auf und balanciert, vorsichtig Schritt für Schritt rückwärts gehend und jeden Zentimeter sorgfältig prüfend, zurück. Er habe einen Stein im Schuh, der habe ihn gestört, sagt er zu Amira, die als einzige zurückgeblieben ist, und zieht den Schuh vor ihren Augen aus.
Aber Amira kümmert sich nicht um ihn. Amira hat anderes im Kopf. Amira gehört sowieso nicht richtig zu der Klettergruppe. Sie ist heute nur mitgekommen, weil Milan sie dazu überredet hat und weil sie nicht als feige dastehen will.
Ovej zieht seinen Schuh wieder an und macht sich wie-

der auf den Weg zum Üben. Aber Amira interessiert sich auch jetzt nicht dafür, auf welche Mauer Ovej gerade klettert. Sie sieht nicht einmal hinter ihm her. Stattdessen hält sie weiter Ausschau nach Milan. Irgendwas ist da geschehen, denkt sie dauernd. Irgendwie paßt es nicht zu Milan, sich ausgerechnet jetzt hier nicht blicken zu lassen. Besonders, weil er selbst es war, der die Idee mit dieser blöden Mut-Wette hatte, von der die anderen dauernd reden. Und falls Milan einfach nur krank ist und im Bett liegen muß? überlegt sie und gibt den Gedanken schnell wieder auf. Dummes Zeug. Dann hätte er wenigstens seine Schwester, die Fazila, hierhergeschickt, um Bescheid zu sagen und sein Fernbleiben zu erklären.

Amira kennt sich schließlich aus bei Milan zu Hause. Immerhin ist Milan ihr Vetter. Gerade gestern morgen haben sie sich zufällig auf der Straße getroffen, und Milan hat mal wieder den Großen gespielt – so wie immer, wenn sie sich begegnen und sie sich über sein angeberisches Getue ärgert. Krank jedenfalls hat er ganz bestimmt nicht gewirkt. Im Gegenteil! Supergesund sogar, als strotze er nur so vor Kraft und wolle es jedem beweisen.

Amira stellt sich Milans Zuhause vor. Immer unheimlicher wird ihr zumute, während sie sich einiges ausmalt, was dort geschehen sein könnte. Auch wenn der Krieg inzwischen weitergezogen ist, nach drüben, zum anderen Flußufer, und die Granateinschläge immer seltener zu hören sind, kann hier immer noch Schlimmes passieren. Das weiß man ja.

Und was ist mit dem Gewehr, das Milan sich von Duro zur Belohnung wünscht, falls er die Himmelfahrts-Wette gewinnt? Typisch, denkt sie. Soldat will er werden, hat Milan neulich zu ihr gesagt. Endlich will er kämpfen! Genau wie sein Vater und sein Onkel und alle anderen Männer hier.
Amira sieht plötzlich hoch. Duro ist gerade bei ihr aufgetaucht. Sie war so mit ihren Gedanken beschäftigt, daß sie sein Kommen gar nicht bemerkt hat.
Duro setzt sich neben sie und stützt den Kopf in die Hände.
»Schön blöd, nicht wahr?« sagt er leise, nachdem sie eine Weile schweigend nebeneinandergesessen haben. »Ausgerechnet Milan. Ich möchte nur wissen, was wirklich mit ihm los ist.«
»Ich auch«, erwidert Amira genauso leise. »Es paßt nicht zu ihm.« Sie sieht zu Duro hinüber. »Ob ich mal nachsehen sollte? Was meinst du?«
Duro nickt. »Gute Idee. Du kennst ja seine Leute.«
Amira zögert noch etwas, dann steht sie auf und geht zu ihrem Fahrrad. Sie hat es vorhin weiter hinten an eine der zerstörten Wände gelehnt. Sie geht ziemlich langsam. Wenn nun wirklich etwas Schlimmes dort bei Milan zu Hause passiert ist? Womöglich mit Milan selbst? Was soll sie dann sagen?
Am liebsten würde sie wieder umkehren. Aber nun hat sie's versprochen.
Dann ist sie bei ihrem Fahrrad angelangt. Aber genau in dem Augenblick, als sie gerade aufsteigen und losfahren will, ruft Duro etwas hinter ihr her.

»Halt! Warte!« ruft er. »Du kannst hierbleiben!«
Amira dreht sich um. Dann entdeckt sie, was Duro gemeint hat. Milan steht dort! Direkt neben Duro!
Amira wirft ihr Rad auf den Boden und rennt wieder zurück. Auch die anderen scheinen Milan entdeckt zu haben. Jedenfalls sind sie alle plötzlich wieder hier unten an ihrem Mauerplatz versammelt, als Amira dort ankommt.
»Wo hast du denn gesteckt?« – »Hattest du Ärger?« – »Ist was los?« fragen sie durcheinander.
Aber dann, wie auf Verabredung, sind alle ganz still und sehen betreten zu Boden. Schließlich sieht man es Milan an, daß er jetzt keine dummen Fragen gebrauchen kann.
Es dauert eine Weile, bis er endlich etwas sagt. »Mein Vater ...«, murmelt er. »Er ist –«
»Dein Vater?« Amira ist die erste, die wieder etwas sagt.
»Er ist drüben in irgendeinem Krankenhaus«, fährt Milan leise fort. »Sie haben ihn dorthin gebracht. Ihm mußte ein Bein abgenommen werden. Sie haben uns vorhin Bescheid gesagt.«
Alle sind wieder ganz still.
Aber plötzlich reden sie los. Einer nach dem anderen läßt sich jetzt auf der Mauer nieder und hat etwas dazu zu sagen. So, als müßten sie den Schreck jetzt ganz schnell wegreden.
Milan bleibt noch etwas stehen, dann setzt auch er sich zu ihnen.
»Hauptsache, er lebt!« sagt Ljubica und schubst mit den Füßen einen Stein beiseite. »Mein Onkel hat auch im

Krankenhaus gelegen. Jetzt muß er wenigstens nicht mehr kämpfen. Der ist jetzt zu Hause.«
»Könnt ihr ihn dort besuchen?« erkundigt sich Igor. »Wißt ihr, wo das Krankenhaus ist?«
»Ja, ich glaube. Ich weiß es nicht genau.« Auch Milan schubst jetzt einen Stein beiseite, während er antwortet. Überhaupt wirkt er nicht mehr ganz so traurig wie eben.
»Und was ist mit der Wette?« Das ist Ovej.
Amira, die neben ihm sitzt, stößt ihn an. Halt den Mund, soll das heißen. Ovej scheint es verstanden zu haben. Jedenfalls hält er jetzt wirklich den Mund und sieht etwas verkniffen vor sich hin.
Blöder Kerl, denkt Amira. Als ob das mit der Wette jetzt noch wichtig wäre! Dann sieht sie zu Duro hinüber. Duro hat die Tüte mit den Lakritzbonbons gerade wieder hervorgeholt. Sie ist noch halb voll.
»Hier«, sagt er und gibt sie an Milan weiter. »Kannst sie behalten, wenn du willst.«
Milan nimmt die Tüte an sich. »Danke.« Er steckt sie in seine Hosentasche. Das Geschenk scheint ihn zu freuen. Dann steht er auf. »Ich glaube, ich muß jetzt wieder nach Hause«, sagt er und nimmt sein Fahrrad hoch, das er vorhin hier auf den Boden geworfen hat. Langsam radelt er davon.
»Bis morgen!« ruft er von weitem und dreht sich noch mal um.
»Bis morgen! So wie immer!« rufen die anderen ihm nach.
Dann erheben auch sie sich einer nach dem anderen und beginnen wieder, ein bißchen herumzuklettern.

Sogar Amira macht jetzt mit. Klettern ist Sport, denkt sie. Klettern ist besser als Traurigsein. Nur gut, daß Milans Vater wenigstens noch lebt. Nur gut, daß auch Milan morgen wieder mitmachen will . . . und sie klettert vorsichtig hinter den anderen her.

BARBARA VEIT

Urlaub vom Krieg

Sladanja ist sechzehn. Sie kam aus Tuzla für zwei Wochen nach Deutschland. Tuzla liegt in Bosnien, liegt mitten im Krieg. Sladanja machte »Urlaub vom Krieg«, und sie lachte bitter, als sie darüber sprach. »Vom Krieg kann man keinen Urlaub machen«, sagte sie. »Den Krieg trägt man mit sich herum – überallhin. Wer drei Jahre oder mehr im Krieg gelebt hat, der kann nicht einfach abschalten.«

Sladanja versuchte zu erklären, was Krieg bedeutet, wenn man sechzehn ist. Sie versuchte es denen klarzumachen, die im Frieden leben.

»Ich war nicht ganz dreizehn, als der Krieg begann. Damals habe ich nicht verstanden, was eigentlich los ist. Und eigentlich verstehe ich es bis heute nicht genau, denn in Tuzla leben wir noch immer zusammen – Kroaten, Serben, Muslime. Wir sind immer noch Nachbarn, helfen einander. Die meisten Familien sind ohnehin gemischt. Nur ist es irgendwie klarer, wo die Feinde sind. Es sind serbische Tschetniks, die unsere Stadt beschießen, aber deshalb sind für mich noch lange nicht alle Serben schlecht. Mein Freund hat eine serbische Mutter. Sie findet diesen Krieg genauso schlimm wie wir. Schlecht sind die Menschen, die uns hassen und auf uns schießen. Krieg ist, wenn du dich nicht mehr sicher fühlen kannst. Auf einmal ist nichts mehr sicher. Nicht einmal dein Bett. Und das Bett ist doch normalerweise der sicherste Ort auf der Welt. Du liegst in deinem Bett und hast Angst, daß eine Granate durch die Wand oder durchs Dach schlagen könnte. Du fängst an, auf den Tod zu warten.

Mit dreizehn oder sechzehn denkt man nicht an den eigenen Tod. Nicht im Frieden. Aber im Krieg wirst du gezwungen, an den eigenen Tod zu denken. Vielleicht nicht am Anfang, aber dann kannst du nicht mehr anders. Zehn von meinen Schulkameraden und Freundinnen sind schon gestorben. Zwei im Bett, alle anderen auf der Straße, beim Weg zur Schule, beim Treffen mit anderen Jugendlichen, beim Einkaufen. Sie wurden von Granaten der Tschetniks getroffen oder von Heckenschützen erschossen.

Sie waren eben noch ganz lebendig und gesund, dann lagen sie zerfetzt und blutüberströmt am Boden. Ich habe nicht alle gesehen, aber einige. Ich habe auch viele andere Tote auf den Straßen gesehen. Kleine Kinder, Frauen, Großeltern, Männer. Am Anfang habe ich geschrien vor Angst und Entsetzen. Ich habe tagelang gezittert und Herzrasen gehabt. Heute ist es anders. Manchmal berühre ich die Toten. Ich möchte sie streicheln und trösten. Ich weine immer noch, aber nicht mehr so oft.

Es ist aber nicht so, daß der Krieg normal würde. Auch nach drei oder vier Jahren ist Krieg nicht normal. Es ist nur so, daß man nichts dagegen tun kann, daß man irgendwie ohnmächtig ist. Man muß es aushalten und weiterleben.

Wir wollen alle weiterleben. Alle meine Freunde, meine Verwandten. Wir wollen wieder ganz normal zur Schule gehen, uns nachmittags auf der Straße treffen, abends in Cafés oder Discos.

Wir gehen in die Schule, aber nicht jeden Tag. Wenn Granaten einschlagen, dann müssen wir zu Hause bleiben. Aber zu Hause können die Granaten genauso einschlagen. Früher ging ich nicht so gern in die Schule, aber heute ist Schule für mich ganz wichtig. Ich möchte viel lernen, möchte alles bekommen, was andere Jugendliche in Europa auch kriegen. Ich gehe aufs Gymnasium und will später Ärztin oder Psychotherapeutin werden. Ohne Schule kann ich das alles nicht.

Ich treffe mich auf der Straße mit meinen Freunden wie früher, aber eben doch nicht wie früher. Da ist immer diese Angst, dieses Horchen auf ein bestimmtes Geräusch. Wenn es irgendwo knallt, dann werfen wir uns alle auf den Boden. Da ist immer dieses Wissen: Es kann jeden Augenblick aus sein.

Im Mai 1995 wurden 72 Jugendliche umgebracht, als eine Granate auf dem Corso einschlug. Der Corso war

unser Haupttreffpunkt. Damals haben wir uns sicherer gefühlt, weil Tuzla eine UNO-Schutzzone ist. Ich war damals nur zufällig nicht dabei, weil ich auf meine kleine Schwester aufpassen mußte. Aber drei meiner Freunde starben, ein anderer verlor beide Beine.
Und dann kommt manchmal diese ohnmächtige Wut hoch. Dann möchte ich am liebsten ein Gewehr nehmen und alle abknallen, die so etwas tun. Es ist so feige, Granaten in eine Stadt zu schießen oder Kinder und alte Leute abzuknallen. Trotzdem möchte ich nicht schießen. Ich möchte niemanden töten. Ich hasse Gewalt! Nur wenn die Tschetniks kommen würden, um uns aus der Stadt zu vertreiben, um die Frauen und Mädchen zu vergewaltigen und die Männer zu foltern, dann würde ich ein Gewehr in die Hand nehmen und uns verteidigen.
Ihr fragt mich, warum ich nicht weggehe aus Tuzla oder jetzt einfach hier bleibe in Deutschland. Ich möchte nicht als Flüchtling leben. Ich kenne Flüchtlinge in Tuzla, Bosnier, die vertrieben wurden. Sie haben nichts mehr, sind ganz verloren. Der Krieg ist schrecklich, aber Flüchtling zu sein ist noch schrecklicher. Du gehörst nirgendwo mehr hin. Du hast keine Wohnung, keine Heimat. Alle Freunde sind verschwunden, alles ist fremd. Du hast auch keine Rechte mehr und mußt von den Almosen anderer leben.
Ich habe hier eine Cousine getroffen, die schon seit zwei Jahren in Deutschland lebt. Eine Familie hat sie aufgenommen, aber sie kann nicht studieren, sie darf auch nicht arbeiten. Alles ist verboten. Sie verdient sich ein

bißchen Geld als Kindermädchen und Haushaltshilfe. Aber in Bosnien hat sie Landwirtschaft studiert. Sie ist total abgeschnitten von ihrem Leben, total unglücklich – obwohl alle sehr nett zu ihr sind. So möchte ich nicht leben. Dann halte ich lieber die Angst und die Kriege aus. Meine Cousine hat auch Angst. Sie hat Angst, nie mehr Anschluß zu finden an ihr eigenes Leben.

Wenn ich euer Leben sehe, dann ist das für mich wie ein Traum. Wie etwas, woran ich mich von früher erinnere. Ohne Angst vor Granaten über die Straße zu gehen. Im Café ein Eis essen, ins Kino gehen und einen Einkaufsbummel machen. Wir in Tuzla machen auch Einkaufsbummel mit unseren Freundinnen und Freunden. Aber nur mit den Augen. Es gibt zwar eine Menge zu kaufen, aber wir haben kein Geld. Für eine neue Jeans spare ich ein halbes Jahr. Kino ist zu gefährlich. Die Cafés sind so teuer, daß wir uns nicht mal einen Orangensaft leisten können.

Wir haben einmal ganz ähnlich gelebt wie ihr hier. Aber das ist lange vorbei. Deshalb kommt mir mein Urlaub in Deutschland ganz unwirklich vor. Ich horche auch hier nachts auf Granaten, obwohl ich ein bißchen besser schlafe als zu Hause. Aber ich denke jeden Tag an meine Familie und an meine Freunde, die nicht bei mir sein können. Ich bete für sie.

Mein Freund durfte nicht mitfahren nach Deutschland. Er heißt Drago. Ich liebe ihn sehr. Er durfte nicht mitfahren, weil kein bosnischer Junge ausreisen darf. Die Behörden haben Angst, daß die Jungs nicht zurückkommen, um nicht zum Militär eingezogen zu werden. Ab

vierzehn dürfen sie nicht mehr weg, obwohl sie erst mit achtzehn zum Militär müssen. Drago ist siebzehn. Ich habe solche Angst um ihn, und ich bete jeden Tag darum, daß der Krieg aufhört, bevor er achtzehn ist.
Ich weiß nicht, ob der Krieg aufhört. Manchmal denke ich, daß er für immer bleibt. Aber meine Großmutter sagt, daß nichts für immer ist.«

VOLKMAR RÖHRIG

Der Heckenschütze

Für Mila Jovic, von der ich nicht weiß,
wo sie jetzt ist und ob sie noch lebt.

I

Ivo hockt im Keller mit dem Rücken zur Wand. Sein Gewehr liegt neben ihm. Er starrt auf die linke Hand. Schon wieder ist die dreckige Binde verrutscht, die Wunde aufgerissen. Das frische Blut hat neue Flecken auf dem Verband gemacht.

Draußen ziehen sie in Gruppen durch die Straße, singen oder schreien in Sprechchören. Ein Lautsprecher plärrt »Heimat, schöne Heimat...« Ab und zu krachen Schüsse. Sie feiern den Frieden, denkt Ivo. Bestimmt ist Mila dabei. Bestimmt lacht sie und tanzt, läßt ihre Zöpfe fliegen. Und alle starren sie begierig an, ihren schlanken Körper, ihre weiche Haut. Er würde sie jetzt auch gern sehen. Aber er will nicht nach oben gehen. Ivo hat Angst. Im Keller ist es muffig und kalt. Durch die Fensterschlitze dringen helle Sonnenstreifen. In ihrem Licht tanzen ein paar Fliegen. Ivo selbst hat die Fenster herausgeschlagen und Steine in die Öffnung geschichtet. Zusammen mit Serge, der ihm gezeigt hat, wie man Schießscharten baut, wie man das Gewehr auflegt. Wie man wartet, Minuten und Stunden, sogar Tage, bis sich auf der anderen Seite etwas bewegt. Und dann erst schießt. Peng-peng-peng!

II

Er wird nie vergessen, wie er das erste Mal geschossen hat. Ein Mann war die Straße heraufgekommen. Ivo hatte ihn zuerst gesehen.
»Warte!« hatte Serge gesagt.
Der Mann war schon alt. Älter als Vater, vielleicht sogar älter als Großvater. Er trug einen zerschlissenen Mantel, hatte einen Koffer unter dem Arm und lief vorsichtig geduckt von Hauseingang zu Hauseingang.
»Der Schwarze ist ein Kurier«, hatte Serge geflüstert. »Wetten, daß er Munition transportiert?«
Ivo kannte ihn nicht. Er war einfach einer von drüben. Ein Schwarzer, wie sie sie voll Haß nannten. Denn hinter

dem Fluß der geteilten Stadt waren die Feinde. Ivo erinnerte sich, wie er als Kind am Fluß unter der Brücke gespielt hatte, auch mit Jungen von drüben. Es ist die schönste Brücke der Welt, hatte Großvater Stephan stolz erzählt, von den Römern vor über tausend Jahren erbaut. Nun hatten die Schwarzen sie mit Granaten zerschossen, und ihre Trümmer lagen im Fluß. Die Granaten hatten auch sein Haus zerstört. Nichts war übriggeblieben, nur er und dieser Keller.

Ivo beobachtete den Mann. Fast war er enttäuscht. Wenn es der fette Matics gewesen wäre oder wenigstens der Gemüsehändler, der ihn mal geohrfeigt hatte, weil Ivo dauernd bei ihm Melonen klaute, damals, als noch Frieden war. Er kannte viele von drüben. Doch den Mann mit dem zerrissenen Mantel und dem alten Koffer kannte er nicht.

»Einatmen!« hatte Serge befohlen. Sie hatten es hundertmal geübt. »Und langsam ausatmen. Zähle bis drei. Dann liegt das Gewehr ganz ruhig.«

Sein Herz hatte bis zum Hals geklopft, seine Finger hatten gezittert. Er sah den Mann haarscharf im Fadenkreuz des Zielfernrohres.

»Jetzt!«

Peng!

Der Mann war zusammengezuckt. Er hob den Kopf erstaunt hoch. Dann drehte er sich auf der Stelle.

Peng-peng-peng!

»Du hast ihn getroffen, hör auf!« hatte Serge geschrien. Aber Ivo hatte weitergeschossen. Er wollte, daß der Mann umfiel. Doch der ließ nur den Koffer fallen, der

Deckel sprang auf, und Bücher flogen heraus. Bücher, lauter Bücher.
Im selben Augenblick hörte er das gräßliche Pfeifen. Hinter ihm schlug eine Kugel dumpf in die Kellerwand, dann eine zweite und dritte. Ivo hatte sich hingeworfen. Als er aufsah, lag Serge auf dem Rücken. Er hatte ein kleines rundes Loch mitten auf der Stirn. Unter seinem Kopf lief Blut zwischen den Steinen hervor.
»Serge! Serge!«
Serge war tot. Ein Scharfschütze von drüben hatte auf sein Mündungsfeuer gezielt. Ivo hatte durchgedreht und geschrien. Ein paar Männer waren in den Keller gekommen. Einer hatte ihm ins Gesicht geschlagen, bis er aufhörte zu schreien und nur noch wimmerte. Sie trugen Serge hinaus. Auch ihn wollten sie mitnehmen. Er könne jetzt nicht mehr hier bleiben, sagten sie, sein Posten sei entdeckt. Ivo hatte stumm den Kopf geschüttelt. Er wußte nicht, wohin. Der Keller war sein Zuhause, er wollte bleiben.
Dann kam ein Offizier. Er umarmte Ivo und strich ihm die Haare aus dem Gesicht. »Du hast deine Familie gerächt. Jetzt bist du ein Mann.« Ivo war stolz, und der Offizier drückte ihm eine Packung Zigaretten in die Hand, zwei Konservenbüchsen und einen Geldschein. 20 Mark, 20 Deutsche Mark! Das war ein Vermögen. Dafür konnte man einen richtigen Fußball kaufen. Aber wozu brauchte er jetzt einen Ball?
An diesem Tag war Mila das erstemal in den Keller gekommen. Er hatte sie schon einige Male gesehen und wußte, daß sie die Tochter des Arztes war. Sie lief umher

und musterte den Hausrat, den er sich aus dem zerstörten Elternhaus geholt hatte. Sie bohrte ihre Finger in die Einschußlöcher in der Wand, betrachtete die Fotos seiner Familie, setzte sich schließlich auf die Matratze und sah ihn neugierig an. »Sie sagen, du bist ein Held. Stimmt das?«

Ivo war dreizehn und Mila mindestens schon sechzehn. Sie hatte dunkle, geheimnisvolle Augen, volle Lippen, das Haar war zu Zöpfen geflochten, und unter der Bluse zeichneten sich ihre Brüste ab. Sie ist wunderschön, dachte Ivo, schöner noch als die Madonna in der Kapelle auf dem Berg. Das traute er sich aber nicht zu sagen. Eigentlich wußte er überhaupt nicht, was er sagen sollte. Er hatte einen Schwarzen erschossen, und Serge war tot. Und jetzt saß ein Engel auf seiner schäbigen Matratze und lächelte ihn an. Ivo war noch nie mit einem Mädchen allein gewesen. Er war froh, daß sie da war, doch gleichzeitig hatte er Angst vor ihr.

»Na? Du bist aber ein sehr schweigsamer Held«, sagte Mila lächelnd. Ivo hatte das Gefühl, daß sie sich über ihn lustig machte.

»Ich bin kein Held«, sagte er leise, fast trotzig. »Ich habe nur getan, was ich tun mußte.«

Mila sah ihn eigenartig an. Er versuchte, ihrem Blick standzuhalten, doch es gelang ihm nicht. »Komm her, Ivo«, sagte sie. »Komm.«

Zögernd stand er auf. Es waren nur wenige Schritte bis zu seinem Bett, doch sie schienen ihm endlos. Sie zog seinen Kopf an ihre Brust. Sie war warm und weich und erinnerte daran, wie die Mutter ihn immer gedrückt

hatte, als er klein war. Und staunend stellte er fest, daß er zwei Herzen hörte: Milas, das beruhigend gleichmäßig unter ihrer Bluse schlug, und seines, das hektisch bis in den Kopf hinauf hämmerte.
Später verriegelte Mila die Tür und kleidete sich zuerst aus, dann ihn. Sie blieb die ganze Nacht, und er achtete nicht auf die Gewehrschüsse oder die Granaten, die pfeifend die Stille zerschnitten und irgendwo in der Stadt explodierten. Am Morgen, als er erwachte, war sie fort.
Ivo wußte nicht, ob er geträumt hatte oder ob alles wirklich geschehen war. Milas streichelnde Hände, die Küsse, ihr nackter Körper. Dann sah er eins ihrer Zopfbänder auf dem Hocker und spürte einen sanften Schmerz in den Lenden. Er hatte also nicht geträumt.
Von nun an kam Mila öfter. Immer machte sie den gleichen Rundgang. Zu den Löchern in der Wand, zu den Bildern auf dem Schrank, zur Matratze. Und jedesmal fragte sie: »Sie sagen schon wieder, du bist ein Held?«
Ivo machte mit Kreide Striche neben die Schießscharte, für jeden von denen da drüben einen Strich. Dabei fühlte er nichts. Er drückte nur auf den Abzug. Der Tod war weit weg, auf der anderen Seite des Flusses. Doch jedesmal bekreuzigte er sich anschließend und dachte an seine Familie und Serge, die zu rächen er geschworen hatte. Den Mann mit dem zerschlissenen Mantel hatten die Schwarzen übrigens noch in der Nacht weggeholt. Der Koffer und die Bücher blieben einfach liegen.
Zum Friedhof in der ehemaligen Gärtnerei ging er je-

den Abend. Nicht weil er sich fürchtete vor den Scharfschützen von drüben, die am Tag oft in die Trauerfeiern schossen. Er wollte allein sein, wenn er vor den Gräbern stand von den Eltern, von Großvater Stephan, seiner Schwester Slava und dem kleinen Stino, der noch nicht einmal hätte weglaufen können, als die Granaten auf ihr Haus zuflogen. Manchmal wünschte er, er wäre an diesem Tag nicht auf den Fußballplatz gegangen. Dann hätten auch ihn die Granaten zerrissen oder die Balken und Steine ihn erschlagen, wie Stino und die anderen. Manchmal überlegte er auch, ob er mit den Bussen hätte wegfahren sollen wie seine Freunde. Doch er hatte sich damals im Keller versteckt und tagelang geweint, bis er keine Tränen mehr hatte. Wenn Serge nicht gekommen wäre, hätte er sich bestimmt aufgehängt. »Ich baue hier einen Posten«, hatte Serge gesagt. »Geh oder bleib.« Er war geblieben. Ob aus Neugier oder Haß, aus Schmerz oder Gleichgültigkeit, wußte er selbst nicht.

Ivo sprach kaum mit den anderen, erst recht nicht nach Serges Tod. Er sah ihnen zu beim Kartenspiel oder hockte abseits, wenn sie tranken und ihre wehmütigen Lieder sangen. Zuerst wunderten sie sich, aber dann ließen sie ihn in Ruhe. Überhaupt war etwas mit ihm passiert an dem Tag, als er den Mann erschossen hatte, als Serge starb und Mila zu ihm gekommen war. Nichts war mehr so, wie es vorher war. Und manchmal, wenn er über sich nachdachte, schien ihm die Zeit davor so unwirklich und fremd, als hätte er sie nie erlebt.

»Hier, unterschreib!« hatte der Offizier eines Tages ge-

sagt. Ivo starrte auf das Geld und konnte es nicht begreifen. 100 Deutsche Mark! »Du gehörst jetzt zu uns«, hatte der Offizier gesagt, »und bekommst jeden Monat deinen Lohn.« Damit war er der jüngste Scharfschütze. Die Zigaretten überließ er Mila. Die Konserven aßen sie zusammen im Bett. Manchmal gab es sogar Pfirsiche, die mochte Mila am liebsten.
Einmal fuhr ein Lastauto vor mit Frauen und Mädchen aus den Dörfern von der anderen Seite des Flusses. Die Soldaten trieben sie in die große Garage. Sie weinten oder rauften sich die Haare, manche waren ganz still. Die Männer wollten, daß Ivo mit in die Garage käme. Sie waren betrunken. Er wehrte sich, schlug um sich. Sie nannten ihn lachend einen grünen Jungen und ließen ihn gehen. In dieser Nacht hielt er Milas Hände fest, als sie ihn ausziehen wollte. Und er hörte die Granaten wieder, die irgendwo in der Stadt einschlugen. Und die Schreie der Frauen aus der Garage und das betrunkene Gelächter der Männer hörte er auch.
Manchmal kam Mila tagelang nicht. Dann lag er wach und wartete. Wenn er zu lange gewartet hatte und nicht einschlafen konnte, schloß er die Augen und stellte sich vor, daß sie bei ihm war. Daß sie nackt neben ihm lag, er ihre Brüste streichelte ... Dabei glitt seine Hand wie von allein unter die Hose. Es war ein Aufbaumen. Danach haßte er Mila und liebte sie um so mehr. Von dem Aufbäumen sagte er nichts. Aber alles andere erzählte er ihr, und sie hörte stundenlang zu. Wenn Mila bei ihm war, vergaß er den Schmerz und die Erinnerung. Irgendwie war er sogar glücklich. Und eines Nachts sagte

er »Ich liebe dich« zu ihr. Mila lachte und küßte ihn auf die Nase. »Ach, du kleiner dummer Junge ...«
Als der Frühling kam, die Nächte kürzer und die Tage länger wurden, brachte Mila einmal ein Buch mit. »Ich muß lernen«, sagte sie. »Nach dem Krieg will ich Medizin studieren.«
Ivo sah sie verständnislos an. Er konnte sich nicht vorstellen, daß dieser Krieg einmal zu Ende gehen würde. Genauso, wie er sich kaum noch an den Frieden erinnern konnte.
»Ich werde mit meinem Vater in einem hellen Haus am Meer wohnen und jeden Tag schwimmen gehen«, schwärmte Mila. »Was machst du nach dem Krieg?«
Ivo saß hilflos in der Ecke. Die Schule gab es seit langem nicht mehr, und lesen hatte er kaum gelernt. Das einzige, was er konnte, war schießen. Aber das würde niemanden interessieren, wenn einmal Frieden war. Keiner würde ihm dafür Geld geben. Was sollte er tun? Und ohne Mila? Ein schlimmes Gefühl kroch in ihm hoch, eine Mischung aus Eifersucht und Angst, und ließ ihn nicht mehr los.

Der Junge hockte mitten auf der Straße und blätterte in den Büchern. Ivo beobachtete ihn durchs Zielfernrohr. So ein Idiot, dachte er, sich am Tag an dieser Stelle zu zeigen war Selbstmord. Und das wegen Büchern! Ivo wollte nicht auf ihn schießen, er schoß prinzipiell nicht auf Kinder. Er wollte nur sein Gesicht sehen, vielleicht kannte er ihn. Aber der Junge beugte sich zu tief über den Koffer. Erstaunt verfolgte Ivo, wie

er jedes einzelne Buch aufschlug und dann sorgsam im Koffer verstaute.
Plötzlich fiel ihm ein, was Mila gesagt hatte, als sie mit dem Buch gekommen war. Eine Welle von Wut und Haß und Schmerz stieg in ihm hoch. Er kniff das Auge zusammen. Er atmete aus, zählte langsam bis drei. Dann drückte er ab.
Dieser Junge war der letzte, den er erschoß. Doch zum erstenmal hatte er gezögert nach dem Schuß, war zu spät in Deckung gegangen. Pfeifend schlug eine Kugel hinter ihm in die Wand. Die nächste traf ihn an der Hand, und er fiel zu Boden.

IIII

Das Singen der anderen, das Plärren des Lautsprechers und die Gewehrsalven nehmen kein Ende. Ivo will es nicht hören, doch es ist da. Selbst wenn er sich die Ohren zuhält, dringt es in seinen Kopf.
Er zurrt an der Binde. Die Narbe reißt auf, und ein Stechen durchzuckt ihn. Doch das tut nicht weh. Es ist ein anderer Schmerz, der in ihm sticht und brennt, der ihm angst macht. Der Frieden ist da, denkt Ivo, alles ist aus.
»Ivo«, ruft Mila. »Freust du dich?«
Er hat nicht bemerkt, wie sie in den Keller gekommen ist. Wunderschön steht sie da in einem neuen Kleid und lacht. Vor ihr ist ein Schleier, der alles verwischt. Der Schleier sind Ivos Tränen.

»Komm mit, wir feiern«, sagt Mila.
»Laß mich«, sagt Ivo und dreht sich zur Wand. Er will nicht, daß sie seine Tränen sieht.
»Ivo«, sagt Mila und berührt ihn sacht an der Schulter, »mein Vater fährt in ein paar Stunden, und ich . . .«
Da reißt es ihn hoch, es sind richtige Krämpfe, die seinen Körper schütteln. Er heult los und schreit: »Laß mich, verschwinde . . . geh zu den andern . . . fahr doch ans Meer. Ich weiß, daß alles aus ist . . .«
»Aber Ivo?« sagt Mila erstaunt.
Er weiß nicht, was er tut, er hört ihre Worte nicht. Er nimmt das Gewehr, hält es auf Mila und schreit. Mila schreit auch. Irgend jemand ruft von der Tür seinen Namen, ruft »Leg das Gewehr weg!« Doch er greift nach dem Abzug. Im selben Augenblick trifft ihn ein furchtbarer Stoß und zerreißt ihm die Brust. Warum nur, denkt Ivo, warum?
Dann ist alles aus.

PETER GROSZ

Mein Haus

Mein Opa liegt im Garten
Meine Oma irrt umher
Mein Hund der hat ein Loch im Bauch
Und wo das Haus stand ist nichts mehr

Mein Bruder hat keine Arme
Meine Schwester weint und bricht
Mein Clown der hat ein Loch im Bauch
Und wo das Haus stand brennt kein Licht

Mein Vater hat keine Beine
Meine Mutter kriegt ein Kind
Mein Teddy hat ein Loch im Bauch
Und wo das Haus stand bläst der Wind

Das Dorf hat keine Häuser
Die Menschen kein Gesicht
Die Welt die hat ein Loch im Bauch
Und wo mein Haus stand weiß ich nicht

Nina Rauprich

Die älteste Frage der Welt

»Viele heilige Männer und Frauen hat es im alten Tibet gegeben«, erzählt Großvater, »aber von allen ist mir Milarepa der liebste. Er konnte mit den Tieren sprechen. Sie verstanden seine Sprache, und Milarepa verstand die Laute der Tiere. Zu ihm kamen Schneeleoparden und Tiger von weit her. Die Geier und die Adler verdunkelten den Himmel. So viele gab es früher bei uns. Auch Gazellen, Antilopen, Hasen, Füchse, Murmeltiere, sie alle liefen zusammen und lauschten den Versen Milarepas. Denn er war nicht nur ein Heiliger, sondern auch ein Dichter. Er sang und erzählte vom reinen wahren Glück und vom Ende des Leidens aller Wesen. Damals herrschte Frieden in Tibet ...«

Großvater bricht seine Erzählung ab. Er wischt sich mit dem Handrücken über die aufgesprungenen Lippen.

»Was ist Frieden, Großvater?« fragt Tashi.

Er hat mit gekreuzten Beinen am Boden gesessen und aufmerksam zugehört. Großvater erzählt oft Geschichten, wenn es draußen dunkel und kalt wird und die Familie um die Feuerstelle zusammenrückt. Es gibt kein elektrisches Licht im Haus. Auch nicht in den anderen Häusern des Dorfes. Tashi hat nur einmal die langen Drähte gesehen, die an den Masten entlang der Straße befestigt sind. Aber die Straße mit den Masten und den langen Drähten daran führt zu dem Militärlager der Chinesen. Dort hängen Birnen an den Drähten, die hell leuchten, und Radios sind daran angeschlossen, die Musik machen. Sogar Wärme soll es aus den Drähten geben. Aber das hat Tashi nur gehört.
Die Mutter geht zu der Feuerstelle, die Ofen und Kochherd in einem ist. Sie gießt Buttertee, der dort warm gehalten wird, in Schalen. Großvater, Vater und Tashi bekommen eine Schale voll, dazu noch geröstetes Gerstenmehl, das Zampa genannt wird. Zampa und Buttertee sind fast immer ihre Nahrung. Der Tee ist gesalzen. Die darin aufgelöste Butter schmeckt etwas ranzig. Tashi streut das Gerstenmehl in den Tee. So kann man es gut essen. Zampa füllt den Bauch und hält lange vor.
Tashi hat keine Antwort auf seine Frage bekommen. Er wird nicht ungeduldig, aber er hat die Frage auch nicht vergessen. Als er mit essen fertig ist, wiederholt er sie: »Großvater, was ist Frieden?«
Großvater wischt mit den Fingern die letzten Reste aus seiner Schale. Nun erst wendet er sich seinem Enkel zu: »Frieden ist, wenn Menschen einander nicht töten«, sagt er.

»Und nicht in Gefängnisse bringen und foltern«, ergänzt die Mutter.
Auch der Vater hat eine Erklärung für Tashi. »Frieden bedeutet, daß keine fremden Soldaten in ein Land einmarschieren und dort alles zerstören. Unser Dorf heißt Lakhang. Das bedeutet Tempel. Aber der Tempel und das Kloster sind nur noch ein Trümmerhaufen, und die Mönche sind tot oder vertrieben. Frieden ist, wenn neue Mönche kommen und den Tempel wieder aufbauen.«
Der Vater hat leise und eindringlich gesprochen, so, wie er manchmal mit anderen Männern aus dem Dorf spricht, wenn es um wichtige Dinge geht.
»Gibt es den Frieden wirklich?« fragt Tashi. »Oder kommt der nur in den alten Geschichten vor?«
»Bei uns in Tibet gibt es seit vierzig Jahren keinen Frieden mehr«, sagt der Vater. »Aber in anderen Ländern, hinter den schneebedeckten Bergen, da irgendwo soll es anders sein.«
Tashi weiß nur aus Erzählungen, daß es auch in seinem Land einmal anders war. Als Großvater noch jung war, drang die chinesische Armee gewaltsam in Tibet ein. Die fremden Soldaten töteten Tausende von Menschen, zerstörten die Klöster und Tempel, sie raubten, was ihnen gefiel oder wertvoll erschien. Sie unterdrückten die Tibeter, die ohne Waffen waren. Und so ist es bis heute geblieben.
Frieden ist anderswo, denkt Tashi, als er sich zum Schlafen hinlegt. Bei uns gibt es nur Unterdrückung. Dieses Wort kennt er schon lange. Da braucht er nicht zu fragen, was es bedeutet. Wenn er es jemandem erklären

sollte, würde er sagen: »Daß es für mich keine Schule gibt, weil ich Tibeter bin, und nur chinesische Kinder die Möglichkeit haben, schreiben und lesen zu lernen. Das bedeutet Unterdrückung.«
Tashi führt manchmal in Gedanken Gespräche mit einem Freund, den es nur in seiner Phantasie gibt. Man darf seine Gedanken nicht aussprechen in einem unterdrückten Land. Das hat er gelernt, auch wenn er erst zehn Jahre alt ist und nicht zur Schule geht. Aber so vor dem Einschlafen kann man die Welt ein bißchen verändern und sich einen Freund herbeiträumen, dem man alles erzählen kann.
»Die Chinesen sind überall, und es werden immer mehr«, erzählt Tashi seinem Freund in Gedanken. »Warum lassen sie uns nicht in Ruhe und kehren in ihr großes Reich zurück? Vater und Mutter haben Angst, denn die Gerste steht nicht gut in diesem Jahr, und der Weizen, den wir ausschließlich für die Chinesen anbauen müssen, laugt den Boden aus. Großvater sagt, daß der Weizen bei uns nicht wächst, weil Tibet das Dach der Welt ist. Die Luft ist zu dünn bei uns und das Klima zu rauh. Weizen braucht den milden Wind der Ebenen, wie man sie in China findet, in Indien und anderen Ländern.«
Andere Länder – wie mag es dort sein? Diese Frage beschäftigt Tashi oft. Er kennt keine Bücher, keine Fotos, Filme oder Reiseberichte. Er weiß nur, daß es andere Länder gibt. In seiner Sehnsucht malt er sie sich so schön aus, wie nur Traumländer sein können.
Am Morgen fällt nasser, schwerer Schnee. Die Mutter hat Mühe, das Feuer anzufachen. Im Dorf ist irgend

etwas los. Das verzerrte Quäken eines Lautsprechers ist zu hören, aber verstehen kann man nichts.
Doch Lautsprecher verheißen nie etwas Gutes, das ist klar. Und bald wissen sie, was es diesmal ist: Ein chinesisches Sanitätsauto ist angekommen. Alle Frauen müssen sich untersuchen lassen, ob sie schwanger sind. Wenn sie bereits ein Kind geboren haben, dürfen sie kein zweites mehr bekommen. Der Arzt macht sie unfruchtbar. Oder, wenn gerade ein Kind in ihrem Leib heranwächst, tötet er es mit einer Spritze. Alles Flehen der Mütter nützt nichts. Nur ein Kind! Das ist Befehl. Wer sich nicht daran hält, wird bestraft.
Die Mutter hat beide Hände auf ihren Bauch gelegt. Ein heiserer Laut kommt aus ihrer Kehle. Es ist ein zurückgehaltener Schrei. Tashi läuft zu ihr hin und schlingt beide Arme um ihren Leib, der sich ein wenig wölbt. Er wünscht sich so sehr einen Bruder oder eine Schwester, am liebsten beides.
Großvater und Vater schweigen. Es gibt nichts zu sagen. Worte helfen nicht aus dieser schrecklichen Angst.
Die Mutter löst Tashis Arme. »Ich mache es nicht«, sagt sie. »Jedes Kind hat ein Recht auf Leben. Wir dürfen nicht töten und auch nicht zulassen, daß es geschieht.« Sie schaut hinaus in das Schneetreiben, das noch heftiger geworden ist. Rasch holt sie die hohen Lederstiefel und den schweren Schaffellmantel. Der Vater gibt ihr den Gürtel, mit dem der Mantel zusammengehalten wird. Dann nimmt sie noch einen Beutel Gerstenmehl und schiebt ihn oberhalb des Gürtels in den sich weit überlappenden Mantel.

»Wenn ich immer nach Süden gehe, komme ich nach einigen Tagen an die Grenze. Ich werde mein Kind auf der anderen Seite zur Welt bringen. In Indien, in Daramsala, wohin viele von unserm Volk geflüchtet sind. Dort soll es Waisenhäuser für tibetische Kinder geben. Viele Frauen haben es schon vor mir so gemacht. Es ist das einzige, was ich für mein Kind tun kann.«
Sie verabschiedet sich schnell. Der Vater kann sie nicht begleiten. Es würde Verdacht erregen. Es ist schon schwierig genug, eine gute Ausrede für die Abwesenheit der Mutter zu finden.
Tashi kann die Tränen nicht mehr zurückhalten. Wird die Mutter es schaffen, unbemerkt aus dem Dorf zu kommen? Wird sie den Weg finden, durch die Berge und über die Grenze? Die Soldaten sind überall, und an der Grenze sind bestimmt besonders viele. Wenn die Mutter ihnen auffällt, wird ihr Baby doch noch getötet, und anschließend kommt sie selbst für lange Zeit in ein Arbeitslager. Er wünscht sich so sehr Geschwister. Wenn alles gutgeht, hat er bald einen Bruder oder eine Schwester. Nicht zu Hause, aber irgendwo, wo Frieden ist.
Großvater legt ihm eine Hand auf die Schulter. »Komm«, sagt er. »Ich erzähle dir eine Geschichte von Milarepa. Als er lebte, gab es auch Unterdrückung, Haß und Mord in der Welt. Es hat sich nichts geändert, seit es Menschen gibt. Zu allen Zeiten waren Krieg und Frieden dicht beieinander.«
»Warum ist das so?« fragt Tashi verzweifelt. »Warum hört das nie auf?«

Großvater lächelt. »Das ist die älteste Frage der Welt. Es gibt viele Antworten darauf, vielleicht so viele, wie es Menschen gibt. Willst du meine hören?«
»Ja, Großvater, bitte!«
»Es hat etwas mit unseren Gefühlen zu tun. Die beiden stärksten sind Liebe und Haß. Der Haß schmeckt sauer, die Liebe dagegen süß. Wenn du nun ein Glas Wasser hast und es fällt ein saurer Tropfen hinein, dann schmeckt das Wasser nicht mehr so gut. Wenn noch ein Tropfen hinzukommt und noch einer, nun, du kannst dir denken, was geschieht. Irgendwann ist das Wasser so sauer, daß du stirbst, wenn du davon trinkst. Genauso ist es mit dem Krieg. Ein Krieg ist nichts anderes als viele Tropfen Haß.«
»Aber warum hassen uns die chinesischen Eroberer? Was haben die ungeborenen Babys ihnen getan? Sag, Großvater, ich verstehe es nicht!«
»Mit den Soldaten ist es nicht anders als mit dem Wasser«, fährt Großvater fort. »Das Wasser kann nicht unterscheiden zwischen Freund und Feind. Es kann seine Säure nicht zurückhalten. Wer damit in Berührung kommt, wird Qualen leiden oder sterben. Die Soldaten dürfen nicht unterscheiden. Sie haben ihre Befehle. Die Uniform macht sie zu Tropfen im großen Wasserglas.«
»Aber dann hört der Krieg doch nie auf«, sagt Tashi verzweifelt. »Der Haß wird nie weniger.«
»Jeder Krieg hat irgendwann ein Ende«, antwortet Großvater. »Eines Tages hat sich der Haß verbraucht. Oder es geschieht ein Wunder.«
»Was für ein Wunder?« will Tashi wissen.

»Denk an die Liebe. Sie ist süß. Wenn nach und nach süße Tropfen in das Glas fallen, wird die Säure weniger. Genauso, wie wenn du Zucker in ein saures Getränk rührst. Tashi, die Liebe ist so stark wie der Haß. Und wenn der Haß besonders groß ist, dann wächst an einer anderen Stelle auch die Liebe. Das ist ein Naturgesetz. Wäre es nicht so, dann gäbe es keine Menschen mehr auf der Welt.

Denk jetzt nicht an den Sanitätswagen, vor dem deine Mutter geflohen ist. Denk nicht an die Soldaten, die uns Tibetern so unendlich viel Leid bringen. Das vermehrt nur die sauren Tropfen, und davon gibt es schon genug. Laß uns gemeinsam die Götter bitten, daß sie die Mutter beschützen. Auch wenn die Tempel und Klöster zerstört sind, die Götter sind dennoch bei uns. Sie sind überall, in jedem Stein, in jeder Pflanze, die wächst. Sie sind in dem Schneetreiben, das sich wie ein Vorhang um die Mutter legt und sie unsichtbar macht. Sie sind in der Wärme des Feuers.«

»Ja«, sagt Tashi. »Laß uns die Götter um Schutz bitten, und dann erzähl mir eine Geschichte von Milarepa, eine, die vom Frieden handelt.«

HANS-MARTIN GROSSE-OETRINGHAUS

Zwei Kästen erzählen vom Krieg

Erinnerungen

Das Wort Krieg *ist für mich eng mit zwei kleinen Kästen verbunden. An sie muß ich denken, wenn ich mit meinen Kindern über den Krieg rede, über etwas, das weit vom eigenen Alltag entfernt zu sein scheint und doch jeden Tag vom Fernseher ins Wohnzimmer geholt wird. Wenn ich versuche, mich daran zu erinnern, was ich als Kind mit dem Wort* Krieg *verbunden habe, fallen mir sofort diese beiden Kästen ein: einer aus Holz, der andere aus Bakelit.*

Was Krieg bedeutete, das mußten in Deutschland jene Kinder, die ihn noch selbst miterlebt hatten, nicht erzählt bekommen. Ich selbst wurde knapp drei Jahre nach Kriegsende geboren. Die Erinnerungen meiner Eltern waren noch so frisch, daß die Gespräche immer wieder um die Erfahrungen des Krieges kreisten. Es war ein Krieg, der von Deutschland ausgegangen war, ein Flächenbrand, den die Nazis gelegt hatten, die auch meinen Vater für kurze Zeit eingesperrt hatten, als seine religiöse Überzeugung ihm wichtiger war als Wegsehen oder gar Mitmachen. Der Krieg aber traf meine Eltern wie alle anderen: heulende Sirenen, Fliegeralarm, angstvolle Nächte im Luftschutzbunker, Bomben und ein brennender Himmel. Dann Trümmer, zerstörte Häuser, zerstörtes Leben. In jenen Nächten arbeitete meine Mutter als Kinderkrankenschwester in einem Krankenhaus. Von diesen Nächten erzählte sie oft.

In einer solchen traf eine Bombe das Haus, in dem meine Großeltern wohnten. Sie verloren alles, konnten aber ihr Leben retten. Kurz darauf wurden sie bei einem Bombenangriff unter den Trümmern ihrer neuen Unterkunft begraben. Durch einen Durchbruch konnten sie sich aus ihrem Keller in den des Nachbarhauses retten. Aber spätestens jetzt war das, was sie beim ersten Mal noch aus den Trümmern hatten retten können, verloren.

Mein Vater war als Soldat an der Front, später für zweieinhalb Jahre in russischer Kriegsgefangenschaft. Was das bedeutete, bekam ich früh mit: zusammengepfercht sein im Viehwaggon, ohne Licht, ohne Essen, ohne Toilette, ohne die Beine ausstrecken zu können. Tagelang. Eine endlos scheinende Bahnfahrt. Bis über den Ural. Dort wurden die Gefangenen hinter Stacheldraht in Holzbaracken untergebracht, auf Holzpritschen, doppelstöckig, viele in einer Reihe. Draußen die Bewacher

mit Maschinengewehren, drinnen wieder qualvolle Enge. Dazu im Sommer Wolken von Mücken, im Winter schneidende Kälte. Und ständig Flöhe und Hunger. Krankheiten. Tod. Dabei unentwegt die Angst tief drinnen: Haben Frau und Kinder überlebt, die Eltern, die Geschwister?
Die Geschichten meines Vaters wollte ich immer wieder hören. Zum Beispiel jene von der unvorstellbaren Kälte, die die Suppe am Löffel gefrieren ließ, wenn man nicht schnell genug aß. Und jene, wie ein Soldat ihm die Schuhe abnahm. Oder die vom Hunger und den naßkalten Fischen, die er sich heimlich auf den nackten Bauch gebunden hatte, um sie für sich und seine Kameraden in Sicherheit zu bringen.
Besonders gerne holte mein Vater das Holzkästchen aus dem Schrank. Es war nicht besonders groß, vielleicht eine Handbreit hoch, knapp zwei Handspannen lang und vielleicht eine tief. Es war braun gebeizt und hatte einen Schiebedeckel. Wie ein geheimnisvolles Schatzkästchen kam es mir vor. Und Schätze waren in der Tat in ihm verborgen. Jedenfalls in der Kriegsgefangenschaft war sein Inhalt für meinen Vater wertvoller als ein Schatz gewesen. Ein Holzlöffel, von einem Kameraden geschnitzt. Ein Becher aus Blech. Ein kleines Schnitzmesser. Ein paar Fotos. Und eine Zahnbürste. Fünf Rubel hatte er einem Mitgefangenen dafür bezahlt. Der hatte diesen Luxusartikel aus einem geschnitzten Holzstab und einem Büschel Ponyhaaren hergestellt, die er dem Pony eines russischen Wachsoldaten in einem unbewachten Augenblick abgeschnitten hatte. Sol-

che Geschichten gefielen mir. Sie machten die Berichte über Hunger, Kälte und Krankheiten erträglicher.
Der wertvollste Schatz aber, den das Holzkästchen barg, waren die Tagebücher, kleine schmale Heftchen, so eng beschrieben, daß man zum Lesen fast eine Lupe zu Hilfe nehmen mußte.
Daß mein Vater Nichtraucher war, kam ihm als Gefangenem doppelt zugute. Das Gerangel um Tabak brauchte er nicht mitzumachen. Was aber noch viel wichtiger war: Er konnte seinen ihm zustehenden Anteil an Zigarettenpapier dazu nutzen, die kleinen Tagebücher daraus herzustellen. Mit einem Bleistiftstumpen schrieb er seine Erlebnisse, Erfahrungen, Gespräche und Gedanken auf. Wie er seine Tagebücher durch alle Kontrollen hindurchretten konnte, waren für mich bereits spannende Geschichten. Die Erlebnisse, die er in ihnen festgehalten hatte, waren es noch mehr. Das eigentlich Aufregende aber waren die Gedanken.
Unsicherheiten, Ängste und Hoffnungen, die er in ihnen formuliert hatte. Aber das merkte ich erst viele, viele Jahre später, als er sie mir von der deutschen in lateinische Schrift abgeschrieben hatte.
Da fand ich am 18.1.1946, es war sein sechster Hochzeitstag, diese Eintragung auf dem Zigarettenpapier seines Tagebuches:
»Krone des Lebens. Was ist das? Das tiefste und höchste Glück. Worin liegt es beschlossen? Im Frieden mit sich selbst und den Mitmenschen. Im Frieden mit Gott. Das ist das tiefste Glück und die Krone des Lebens.« Es ging um Frieden und Glück – mitten im Krieg.

In seinen Aufzeichnungen beschreibt er auch die Widersprüche, die ihn bewegten, Widersprüche, wie sie jeder Krieg hervorbringt.

»Als es mit Stalingrad zu Ende ging, trafen wir mit unserem Verband in Kertsch auf der Krim ein. Wir waren hier zeitweise abgeschnitten und erlebten auch danach noch mehrere Kessel. Und doch waren wir mit allem persönlichen Einsatz dabei. Aber zwischendurch war in einer stillen Stunde wieder das innere Fragen nach dem Sinn und Recht unseres Tuns. Eine merkwürdige Situation!«

Erst viel später fand ich solche Sätze spannender als die Geschichte mit dem abgeschnittenen Ponyschwanz.

Eines haßte ich als Kind besonders: Beim Abendessen mußte Ruhe herrschen. Denn während des Essens pflegte mein Vater die Abendnachrichten und Kommentare im Radio zu hören. Die Bezeichnung Radio sagt allerdings wenig über den Kasten aus schwarzem Bakelit aus. Es war ein Kriegsmodell. Volksempfänger hießen sie damals. Sie waren für jeden erschwinglich, damit die Kriegspropaganda der Nazis in jedem Haus empfangen werden konnte.

Der grünlichbraune Stoffbezug über dem runden Lautsprecher füllte den größten Teil der Front des Empfängers aus. Darunter befand sich die Senderskala. An ihren Enden waren rechts und links je ein Reichsadler in das Bakelit gepreßt, die in ihren Klauen ein Loch hielten. Richtig: ein Loch. Vor dem Zusammenbruch der NS-Diktatur hatten sich an der Stelle der Löcher Hakenkreuze befunden. Die hatten meine Eltern nach dem

Krieg mit einer glühenden Nadel herausgebrannt. Es mußte mächtig gestunken haben.
Der entnazifizierte Volksempfänger war der Mittelpunkt jedes Abendessens. Es war der Augenblick, in dem sich mein Vater die Zeit nahm, sich mit den Meldungen des Tages vertraut zu machen. Dabei meinte ich, viel interessantere Neuigkeiten verkünden zu können. Ein Volksschüler, dessen Tag mit Abenteuern nur so ausgefüllt war, hatte jede Menge davon zu bieten. Aber wie sollte ich gegen Meldungen aus dem Indochina-Krieg ankommen. Oder gegen Nachrichten aus dem Kongo, wo ein blutiger Bürgerkrieg tobte. Namen wie Kasavuvu oder Lumumba waren mir schnell geläufig. Mein Vater dagegen konnte meine Piraten- und Indianernamen nie behalten.
Die Namen der Politiker hielten sogar Einzug in unseren engsten Familienkreis. Das Riesenvieh von Kater, pechschwarz, mit gefährlich grün funkelnden Augen und der Statur eines Panthers, hieß Molotow, wie der sowjetische Außenminister.
Molotow wurde nie ins Haus gelassen. Die Meldungen über seinen Namensvetter bekam er darum nie mit. Auch nicht die über den Krieg in Algerien oder die Suezkrise und den Aufstand in Ungarn. Ich hörte sie alle. Gegen solche Nachrichten kamen meine Abenteuer nicht an. Ich zog jedesmal den kürzeren, und mein Vater zischte, damit Ruhe bei Tisch war und er beim Hören nicht gestört wurde.
An einen Tag erinnere ich mich noch genau. Es war der 29. Oktober 1956. Ich ging damals in die zweite Klasse.

An jenem Morgen war es in der Schule wie zu Hause beim Abendbrot. An Unterricht war nicht zu denken. Der Lehrer baute auf dem Pult ein großes Radio auf. Es war viel größer als der Volksempfänger in unserer Küche. Die bebende Stimme, die aus dem Radio kam, ließ jeden von uns Schülerinnen und Schülern die Dramatik der Ereignisse spüren, selbst wenn wir nicht verstanden, worum es genau ging. In Ägypten kämpften Großbritannien und Frankreich um ihre kolonialen Interessen am Suezkanal. Im Schatten der Suezkrise ließ die Sowjetunion ihre Truppen in Ungarn einmarschieren, um einen Volksaufstand niederzuwerfen. Der Aufstand wurde von Panzern blutig überrollt. Der »kalte« Krieg drohte zu einem »heißen« zu werden. Die Stimme aus dem Radio klang bedrohlich. Wir meinten, die Flugzeuge aus dem Osten schon über uns hören zu können. Was geschah, verstanden wir nicht. Aber wir spürten die Angst der Erwachsenen. Sie sprang auf uns Kinder über.

Als im Januar 1991 der Krieg am Golf immer bedrohlichere Formen annahm, merkte ich, wie meine Söhne das gleiche fühlten. Sie spürten die Angst der Erwachsenen. Aber gegen Angst kann man etwas machen. Zum Beispiel, indem man über die Ursachen redet. Oder handelt. Das ist das einzige, was hilft, will man durch Angst nicht völlig gelähmt werden. Daß Handeln selbst für Schülerinnen und Schüler möglich ist, haben viele von ihnen immer wieder bewiesen.
Während des Golfkrieges gingen vor allem Schülerin-

nen und Schüler auf die Straße. In zahlreichen Orten organisierten sie Mahnwachen und Schweigekreise. Viele hängten weiße Tücher oder Bettlaken an ihre Fenster, um so ihre Ablehnung des Krieges öffentlich zu bekunden. Solche Aktionen können dazu beitragen, gegen die Gefühle der persönlichen Ohnmacht und Verzweiflung den gemeinsamen Friedenswillen zu setzen und öffentlich kundzutun. Während des Krieges in Bosnien schickten Schüler Päckchen ins Kriegsgebiet.
Während der Kriege in Somalia, Ruanda oder in Kurdistan fragten viele im Unterricht danach, woher denn die Waffen kommen, die soviel Leid und Tod verbreiten. Dabei stießen sie immer wieder auf einen der größten Waffenlieferanten: Deutschland. Solche Erkenntnisse brachten viele dazu, Briefe zu schreiben und weitere Fragen zu stellen. Vielleicht erinnern sich solche Schülerinnen und Schüler später beim Gedanken an *Krieg* an den Protestbrief an die Waffenfirma, an die weißen Tücher vor dem Kinderzimmerfenster oder an die fest ineinandergefaßten Hände bei der Mahnwache.

Gudrun Pausewang

Immer nach Westen

Am 8. Mai 1945, einem Dienstag, war der Krieg zu Ende. Und plötzlich waren die einundsiebzig Kinder in den Baracken allein. Einundsiebzig Kinder zwischen acht und zehn Jahren. Auch zwei Elfjährige waren darunter. Zwei Sitzenbleiber.

Wo war die junge Lehrerin hin, die das Lager geleitet hatte? Wo war die alte Lehrerin, die mit ihr zusammen die Dritt- und Viertkläßler unterrichtet und abends immer so schöne Geschichten vorgelesen hatte? Die Kinder klopften an ihre Zimmertüren und öffneten sie zaghaft, als keine Antwort kam. Die Zimmer waren leer, die Koffer weg, die Frauen fort.

Einundsiebzig Kinder, seit einem Jahr wegen der vielen Bombennächte und der zerstörten Schule aus Dortmund evakuiert, zwei Schulklassen mit ihren Lehrerinnen, einquartiert in leere Arbeitsdienstbaracken am an-

deren Ende Deutschlands, am Südrand von Schlesien. Und jetzt allein.
Natürlich hatten nachts manche Kinder nach ihrer Mutter geweint. Aber es waren ja Briefe von daheim gekommen. Und hier am Rand des Gebirgsdorfes war es schön. Die Leute waren freundlich, und es gab wunderbar viel Platz zum Spielen: Wiesen und Wälder. Und die Kinder hingen an den Lehrerinnen.
Aber jetzt waren sie fort – ohne auf Wiedersehen zu sagen. Warum nur?
Von den vier Koch- und Putzfrauen aus dem Dorf kamen an diesem Tag nur zwei.
»Ach, ihr armen Dinger«, sagten sie. »Frau Renner und Fräulein Horbes haben sich heute in aller Frühe davongemacht. Aus Angst vor den Russen. Ein Wehrmachtsauto hat sie mitgenommen. Was wird jetzt aus euch? Jesus Maria, und eure Mütter so weit weg!«
Sie kochten eine schnelle Suppe aus den Vorräten, die noch da waren, und liefen rasch wieder heim. Am nächsten Tag ließen auch sie sich nicht mehr in den Baracken sehen, weil inzwischen die Russen da waren. Beklommen lauschten die Kinder dem Geschrei, das aus dem Dorf herüberhallte. Und sie sahen dichten Qualm aufsteigen. Ein Haus brannte.
Auch in die Baracken kamen ein paar uniformierte Männer. Einer konnte ein bißchen Deutsch. Er sagte laut: »Heim – alle heim! Fort! Schluß hier!«
Das verstanden die Kinder. Heim. Aber wie? Deutschland hatten sie bisher im Unterricht noch nicht durchgenommen. Nur das Dorf und die Umgebung. Trotz-

dem liefen sie in ihre Schlafsäle und packten zusammen, was sie besaßen. Die meisten von ihnen hatten nur ihre Schulranzen, in die sie etwas packen konnten.

Der lange Willi und die Lotte, die schon elf war und schon ein bißchen Busen hatte – wer's nicht glaubte, durfte mal fühlen –, waren auf einmal die, auf die alle hörten.

»Nehmt die Decken von den Betten mit«, sagte Lotte.

»Aber die gehören doch gar nicht uns!« riefen die Kinder.

»Wenn wir sie nicht mitnehmen, holen sie sich andere«, sagte Lotte. »Rollt sie ein, und hängt sie euch um den Hals.«

Sie gehorchten Lotte. Sie gehorchten auch Willi. Der rief: »Wir wandern jetzt heim. Zu Fuß. Das wird ein paar Tage dauern. Wer nicht mitwill, muß nicht. Der bleibt halt hier.«

Alle wollten mit. Lotte verteilte noch das Brot, das in der Speisekammer war, dazu das Mehl, den Grieß, die Räucherwürste, den Zucker. Willi schleppte den Topf mit Griebenschmalz. So zogen sie los – vorn Willi, hinten Lotte. Sie nahmen den Handwagen mit, auf dem sie immer die Einkäufe aus dem Dorf in die Baracken gefahren hatten – und den großen Kochtopf aus der Barackenküche. Dazu ihre einundsiebzig Blechteller und Löffel.

»Wo wollt ihr denn hin?« flüsterten die Leute im Dorf erstaunt.

»Nach Hause«, antworteten die Kinder, und Willi fragte: »Wo, bitte, geht's nach Dortmund?«

»Immer nach Westen«, bekam er zur Antwort. »Dorthin, wo die Sonne untergeht. Aber nach Dortmund werden es mindestens tausend Kilometer sein. Wie wollt ihr das nur schaffen, ihr Kleinen?«
Die Kinder wanderten über die Berge. Willi paßte gut auf, wo die Sonne unterging, und wenn sie sich nicht sehen ließ, fragte er nach Westen. Manche von den Jüngsten wollten sich immerzu ausruhen. Sie kamen nur sehr langsam vorwärts.
»Frag nach Dresden«, sagte jemand zu Willi. »Wo Dresden liegt, wissen alle. Merk dir: Dresden – Leipzig – Kassel – Dortmund. So ist euer kürzester Weg.«
Willi prägte sich die Namen ein. Er gab sie auch an die anderen weiter. Alle sollten sie sich mitmerken.
Lotte kümmerte sich um die, die ganz am Ende liefen. Das waren die, die müde waren und Fieber hatten und weinten.
Viele weinten vor Hunger. Die Vorräte waren bald aufgezehrt. Lotte ließ sie in den Dörfern ausschwärmen und an den Türen um Essen betteln. Manchmal bekamen sie eine Scheibe Brot oder ein paar Pellkartoffeln. Manchmal durften einzelne von ihnen mitessen. In den Städten bettelten sie nicht. Die Städter hatten ja selber nichts. Und die meisten Städte lagen in Trümmern.
Nachts drängten sie sich aneinander. Sie schliefen in verlassenen Gehöften, in Scheunen, in Ruinen, bei schönem Wetter auch im Freien.
Oft mußten sie tagelang rasten: wenn Kinder krank wurden; wenn mehr Kinder wunde Füße hatten, als auf dem Wagen aufsitzen konnten; wenn der Hunger so

groß war, daß die meisten Kinder sich nicht mehr weiterschleppen konnten. Den Leuten, die dieses Elend sahen, brach das Herz. Aber in dieser Elendszeit hätten sie ja selber Hilfe gebraucht.
Jeden Abend machte Willi ein Feuer an. Alle, die noch Kraft dazu hatten, suchten Holz zusammen. Und Lotte kochte aus dem, was sie tagsüber aus den Gärten und Feldmieten und Kellern und Scheunen stibitzt und an den Türen erbettelt hatten, eine Suppe. Da waren junge Zwiebeln und Möhren, unreifer Rhabarber, grüne Erdbeeren, Kartoffeln und Salatblätter drin. Und manchmal auch Pferdefleisch aus einer Notschlachtung der Russen. Die waren immer freigebig. Aber so eine Suppe machte nicht satt.
»Ihr müßt in Grüppchen wandern«, riet ihnen eine alte Frau. »Dann bekommt ihr eher was zu essen geschenkt. Vor so einem großen Schwarm kriegt jeder Angst.«
Aber sie blieben zusammen. Sie hatten ja nur noch einander. Und ein Hund schloß sich ihnen an, den liebten alle. Hasso nannten sie ihn.
Als sie nach sieben Wochen in Dresden ankamen, waren sie nur noch dreiundsechzig. Zwei waren unterwegs verhungert, ein kleiner Junge war von einem polnischen Lastwagen überrollt worden, ein Mädchen war bei dem Versuch, sich an einem Flußufer zu waschen, ins Wasser gekippt und ertrunken, noch bevor die anderen sie herausziehen konnten. Und vier Kinder, die zusammen auf Betteltour gegangen waren, hatten nicht mehr zur Schar zurückgefunden. Jedenfalls erschienen sie nicht mehr.
Seuchen gingen damals um. Zwischen Dresden und

Leipzig erkrankten neunzehn der Kinder an Typhus. Wochenlang konnte die Schar nicht weiterziehen. Ein paar Frauen eines Dorfes kümmerten sich um die Kranken. Acht Kinder starben, darunter auch Lotte, und wurden auf dem Dorffriedhof begraben, zwischen anderen Typhustoten. Und zwei Kinder blieben bei Leuten im Dorf.

Als sie weiterzogen, ging wieder ein Mädchen am Ende des Zuges und kümmerte sich geduldig um die, die am langsamsten vorankamen. Sie trug ein altes Geschirrtuch bei sich, das sie von einer Wäscheleine gestohlen hatte. Helga hieß sie und war zehn Jahre alt. Mit dem Tuch putzten sich die Jüngsten die Nasen und wischten sich die Tränen ab. Es war immer naß.

Eines Tages, schon im Frühherbst, erreichten sie die Grenze zwischen der russischen und der amerikanischen Besatzungszone. Sie hatten keine Papiere. Jemand empfahl ihnen, nachts durch den Wald zu schleichen. Aber weil Hasso jaulte, erwischte sie ein Russe. Als er merkte, daß sie allein waren, ohne Erwachsene, ließ er sie laufen. So viele kleine magere Kinder – sie hätten nur Scherereien gemacht. Außerdem taten sie ihm leid.

Es waren nur noch fünfundvierzig. Drei Kinder waren unterwegs gestorben, davon zwei an Brechdurchfall und eines einfach so, an Entkräftung. Zwei lagen in einem Krankenhaus, zwei waren von mitleidigen Familien überredet worden, bei ihnen zu bleiben. Fürs erste. Später, wenn sich die Zeiten gebessert haben würden, konnte man weitersehen.

Und ein Achtjähriger war erschlagen worden, als er versucht hatte, ein Brot zu stehlen.
Jenseits der Grenze angekommen, hatten sie das Schlimmste hinter sich. Rotkreuzschwestern kümmerten sich um sie, gaben ihnen zu essen, brachten sie in ein Flüchtlingslager, wo sie zum ersten Mal nach so langer Zeit wieder baden konnten und entlaust wurden.
Dort, im Lager, starb noch einer von ihnen: der lange Willi. So lange war er für die anderen, damit sie den Mut nicht verloren, immer stark gewesen. Jetzt hatte er keine Kraft mehr.
Sie brauchten nicht weiterzuwandern. Sie wurden in einen Zug gesetzt. Eine Rotkreuzschwester begleitete sie. Vierundvierzig Kinder, davon fast alle unterernährt und krank, kamen in Dortmund an. Und ein Hund.
Nur zweiunddreißig der Kinder fanden ihre Eltern, die übrigen zwölf hatten keine mehr. Sie waren in den letzten Kriegsmonaten umgekommen – die Mütter durch Bomben, die Väter an der Front. Und zwei Mütter hatten sich das Leben genommen.
Den Hund behielt Helga. Das heißt, sie setzte durch, daß sie ihn behalten durfte. Und sie fühlte sich ihm anfangs näher als ihren Eltern und Geschwistern, die sich über ihre Heimkehr unendlich freuten. Sie hatten sie ja schon tot geglaubt. Aber sie hatten keine Ahnung, was sie auf dieser Wanderung in den Westen durchgemacht hatte. Hasso war dabeigewesen.

NEVFEL A. CUMART

kleiner sohn

mein kleiner
heute nacht
schon wieder
hältst du nach mir ausschau
blickst auf die schweigenden berge
    mit deinen
    großen schwarzen augen
    den traurigen

und ich habe
noch immer keine zeit
für dich
mein kleiner
doch du sollst wissen

ich trage dich stets bei mir
so wie das gewehr
unter meinem arm
und den patronengurt
um meine hüfte
so trage ich dich immerzu in meinem herzen

mein kleiner sohn
warte noch ein wenig
auch wenn dich
die ungewißheit plagt
die angst quält
warte noch ein wenig
schon bald hoffentlich
wenn frieden einkehrt
kann ich dir
alles erzählen
und du wirst viel mehr verstehen bald

INCI ARAL

Die Flucht

Der Lastwagen fuhr ächzend hinunter in die Ebene, wand sich entlang der schmalen Asphaltstraße am Fuße des Berges. In der Ferne, unten in der Ebene, waren, so weit das Auge reichte, Felder in verschiedenen Farben zu sehen, in gerade Parzellen unterteilt, als ob sie mit einem Lineal gezeichnet worden wären. Diese Aussicht zeigte Seyit, daß sie dort angelangt waren, wo kein Krieg herrschte. Keinen Krieg, sondern Fruchtbarkeit und Fleiß verriet dieser Boden. Nicht die Schwärze des Feuers und des Todes, sondern das sattgrüne, hervorsprudelnde Leben befand sich hier.

Sie waren seit frühmorgens unterwegs. Während Seyit, seine Mutter, Großmutter und seine jüngere, zweijährige Schwester hinten auf der offenen Ladefläche des Lastwagens, dicht aneinander gekauert, versuchten, sich mit den völlig durchlöcherten Decken, die sie aus dem Feuer hatten retten können, gegen den Wind zu schützen, dachte er an seinen Hund Kocabas. Zusammen mit drei Hühnern und zwei Ziegen hatten sie ihn in dem Städtchen zurückgelassen, in dem sie die letzte Nacht verbracht hatten. In dem Keller einer Baustelle, gemeinsam mit fünfzehn, zwanzig anderen Leuten, dicht gedrängt auf Säcken, die auf dem Boden ausgebreitet waren. Eigentlich hatten sie die Hühner und die Ziegen viel zu billig verkauft. Aber weil sie mit den Tieren nicht auf die Reise gehen konnten, war ihnen keine Chance geblieben zu verhandeln. Immerhin hatten sie durch den Verkauf der Tiere das Geld für den Lastwagenfahrer zusammenbekommen. Als sie sich gestern auf den Weg machten, begriff Kocabas, daß man ihn zurückließ, und er bellte unentwegt hinter Seyit her, so, als ob er weinen würde. Seyit hätte ihn auf jeden Fall mitgenommen, wenn der Lastwagenfahrer nicht energisch protestiert hätte, aber es war schon richtig, daß er zurückblieb. Wie hätte er ihn füttern sollen inmitten der Not dieser langen Reise? Stand es überhaupt fest, was noch alles auf sie zukommen würde? Zum ersten Mal in seinem neunjährigen Leben erschrak Seyit wegen der Ungewißheit gegenüber dem, was sie noch erwartete. Er schaute auf seine jüngere Schwester, die vergeblich an der Brust ihrer Mutter saugte, und als ob er den Schmerz, der in seinem Hals brannte, in sich hineinziehen wollte, schluckte er mehrmals hintereinander. Der Hunger verstärkte sein Frieren, vereinte sich mit dem Heulen des Motors und brachte ihm den Schlaf. Aber er wollte nicht schlafen. Diese war seine erste lange Reise.

Er mußte alles sehen, alles hören und verstehen. Der Schlaf sollte nicht die Tatsache verdrängen, daß sie überleben mußten. Er war nun der einzige Mann in der Familie. Letzte Nacht, als sie das Dorf verließen, hatte er begriffen, daß sein Vater nicht zu seiner Familie zurückkommen würde. Wenn er zurückkehren würde, hätte seine Mutter nicht die Flucht ins Auge fassen können, ohne ihn vorher um Rat zu fragen.
Auf der einen Seite der kurvenreichen Straße befand sich ein Abgrund, der Lastwagen fuhr langsam. Trotzdem war der Wind hart und ermüdend. Seyits Haare, die schon seit Monaten keine Schere gesehen hatten, wehten im Wind, füllten unentwegt seine Augen und seinen Mund. Immer wieder schlug er sie nach hinten. Seine aufgesprungenen Hände, auf denen sich Krusten gebildet hatten, schmerzten vor Kälte. Heimlich blickte er auf das bleiche, gealterte Gesicht seiner Mutter. Er sah die Sorge in ihren Augen. Ob die entfernten Verwandten, die Seyit bisher noch nie gesehen hatte, sie wohl aufnehmen würden? Ob sie ihnen wohl helfen würden? Hatten sie überhaupt die Möglichkeit, die Zeit hierfür? Cemo war angeblich der Neffe seiner Mutter. Vor vier Jahren sollen sie nach Adana umgesiedelt sein. Irgend jemand brachte die Nachricht, daß Cemo dort als fliegender Händler auf der Straße arbeitete. Wir werden ihn sicherlich finden, hatte seine Mutter gesagt, wenn wir lange genug fragen, wird er irgendwie aufzufinden sein. Adana ist riesig, hatte seine Großmutter gesagt, das wird schwierig werden, aber es gibt keinen anderen Ausweg. Die Großmutter döste vor sich hin. Die Ereig-

nisse hatten sie ausgelaugt, sie nicht mit Leben angefüllt. Sie hatte so viele Totenklagen angestimmt, so viel geweint, daß sie ihre Stimme verlor.
Mühsam begann der Lastwagen die Steigung hinaufzufahren. Die von der Wintersonne in goldene Farben getauchten Büsche zogen an ihnen vorbei. Die Erde kam immer näher auf sie zu. Wie lange würde dieser Weg noch andauern? Wo würde er enden? Wie?

Auf der Ladefläche des Lastwagens waren noch acht, neun Leute aus demselben Dorf wie sie. Je mehr der alte, wackelige Lastwagen von rechts nach links schaukelte, um so übler wurde ihnen, aber sie hatten schon lange nichts mehr im Magen, was ausgespuckt werden konnte. Die Kinder, deren Münder brannten, in zerrissenen Schuhen oder gar barfüßig, die gekrümmten, von Krankheiten gezeichneten Alten, die jungen Mädchen im Heiratsalter, mit einer Gesichtsfarbe so bleich wie Wachs, und die Frauen mit ihren zahlreichen Kindern. Alles, was sie noch besaßen, waren einige Küchengeräte, die sie aus dem Feuer hatten retten können, drei, vier Körbe, einige zerfetzte und zerlumpte Kleidungsstücke und ein Hocker. Niemand sprach auch nur ein Wort. Fortgehen, nur fortgehen, waren ihre Gedanken.

»Dieses Dorf ist aufgelöst, es existiert hier nicht mehr, geht fort von hier, räumt das Gelände!«
»Wohin sollen wir gehen, mein Kommandant? Wie sollen wir aufbrechen, wir haben alles verloren, wir haben nicht einmal Brot zum Essen!«

»Das hättet ihr euch überlegen sollen, bevor ihr den Terroristen geholfen habt. Wenn ihr euch auf die Seite des Staates stellt, so sorgt der Staat für euch, aber wenn ihr Banditen unterstützt, so werdet ihr auch dafür büßen!«
»Bei Gott, wir haben uns wohl geirrt, was sollen wir nur machen, wir sind dieses Leben leid, wohin sollen wir fliehen ... Es ist um uns geschehen. Es gibt auf beiden Seiten kein Erbarmen. Der eine legt Feuer, der andere schlägt zu!«
»Drück dich korrekt aus! Nicht wir haben euer Dorf in Brand gesteckt. Ein Soldat vernichtet kein Dorf!«

Stunden sind bereits vergangen, seitdem diese Menschen, die alles verloren haben, die wenigen Brote, die sie von dem Fahrer erhielten, unter sich aufgeteilt und verzehrt haben. Sie wissen nicht, wie lange ihre Reise noch andauern wird, wissen nicht, wie hinter Maras die Reise weiter verlaufen wird. Sie wissen nicht, ob sie eine Unterkunft finden werden, dort, wo sie hinkommen, ob sie überhaupt etwas zu essen finden werden. Sie wissen einzig, daß sie fortgehen, weil sie es tun müssen. Vom Hörensagen haben sie erfahren, daß diejenigen, die in die Stadt gehen, irgendwie einen Ausweg finden. Wenn man schon sterben soll, so ist es besser, dort zu sterben. In der Stadt sitzt man nicht zwischen zwei Stühlen, befindet man sich nicht in einer fatalen Lage. Irgendwie wird man schon eine Arbeit finden, einen Bissen Brot verdienen. Seyit wußte nicht, welch eine Hoffnung dies war, denn er hatte bislang noch keine Stadt gesehen.

Wenn die Erwachsenen so sprachen, dann mußte man ihnen schon glauben. Er dachte an die Erzählungen derjenigen im Dorf, die damals bereits in der Stadt gewesen waren. Dort soll es riesige, hellerleuchtete Straßen, Häuser mit mehreren Stockwerken geben, Märkte und Basare voller Menschen, in jedem Haus ein Fernsehgerät, das die ganze Welt zeigt, und Geschäfte, die voller Apfelsinen sind. Die Zahl der Autos ist nicht einmal bekannt. Die Kinder verdienen sich ihr Geld als Automechaniker, Sesamkringelverkäufer, als Schuhputzer und als Lehrlinge. Und nicht zur Schule zu gehen soll dort ein Vergehen sein. Alle Kinder würden dort das Lesen lernen. Seyit zitterte innerlich. Wenn er nur das Lesen und Schreiben erlernen könnte . . . Dann würde er ein großer, ein sehr großer Mann werden. Es gab viele Länder auf dieser Erde, er hatte davon gehört, es gab Amerika, Japan und viele andere. Vielleicht würde er in diese Länder reisen, wenn er groß ist, aber zuerst war es notwendig, daß er lesen lernt und erfährt, wo diese Länder liegen und wie man dorthin gelangt. Seyit wollte nicht so ungebildet, so arm und hilflos sein wie seine Mutter, sein Vater und wie alle anderen im Dorf. Seiner Meinung nach gab es eine einzige Möglichkeit, dieses schlechte Schicksal zu besiegen, das die Menschen zerschmetterte und auseinandertrieb, das er bislang nicht völlig zu begreifen vermochte: zur Schule gehen.

Seyit spürte den Geschmack der Erde in seinem Mund. Seyit? Hat er wirklich einen Namen? »Kind« nannten sie ihn meistens. Das sollen sie nicht sagen, so sollen sie ihn nicht mehr anreden. Er besaß ein Gesicht und eine Stim-

me, die niemand anderem sonst ähnelten. Er hörte seine eigene Stimme. Auch wenn sie nicht die Worte ausfüllen konnte und zu nichts nütze war, er besaß sie. Er hatte Füße, Beine und Arme. Wer weiß, irgendwann wird er in eine große Stadt gehen. Und von dort auf nach Adana. In Adana angekommen wird er dann umherlaufen. Durch die beleuchteten Straßen, an den Geschäften mit Süßigkeiten vorbei. Vielleicht wird er einen Sesamkringel essen. Er wird eine Arbeit finden, sich um seine Mutter und seine kleine Schwester kümmern. Sie werden wieder ein Haus haben. Er wird wieder einen Hund besitzen. Vielleicht wird er ihn wieder »Kocabas« nennen, vielleicht aber auch nicht. Auch wenn sein Kopf nicht so riesig sein sollte, wird er ihn so nennen, um an »Kocabas« erinnert zu werden. In ihrem Ofen wird knisternd das Holz brennen. Seine Mutter wird wieder Teig auslegen. Und außerdem wird er wieder zur Schule gehen. Er wird eine blonde Lehrerin mit blauen Augen bekommen. Sein Vater wird von den Bergen herabkommen, zurück zu der Familie. Der Krieg wird zu Ende sein. Der Frühling wird kommen, und der Klatschmohn wird auf den Feldern blühen. Riesige Flugzeuge und Busse werden in seinen Träumen sein. Die Flugzeuge werden keine Bomben abwerfen, die Wolken werden nicht beschmutzt werden.
Irgendwie kann Seyit den Grund für den Krieg nicht verstehen. Er fühlt nur, daß er das nichterfaßte Leben von Menschen fortnimmt. Der Krieg läßt die Kinder sehr früh altern, läßt ihnen keine Zeit. In den Bergen und auf den Pässen, in denen sich der Lärm der Flugzeuge,

Bomben und Waffen, das Bellen der Hunde ineinander vermischen, spielen erschreckende, atemberaubende Schatten miteinander. Straßen werden abgesperrt, Brücken eingerissen. Auf den Dorfplätzen und auf den Hügeln werden die Toten mit ihren Waffen nebeneinander aufgereiht. Die Dörfer werden überfallen, Männer, Frauen und Kinder, egal, ob groß oder klein, werden über den Haufen geschossen. Die Wälder, die Dörfer brennen. Das Wasser wird abgezweigt, die Felder trocknen aus. Die Kochherde erlöschen. Seyit fürchtet sich sehr. Etwas weiter von ihm entfernt weint ein Kind inbrünstig. Sein Weinen vermischt sich mit dem Husten eines kranken alten Mannes. Die dunklen Schatten der Berge senken sich langsam auf sie hernieder. Der alte Lastwagen bewegt sich langsam und schwerfällig vorwärts. Der Zukunft entgegen.
Seyit denkt an all das, was bisher geschah. Wie alles so plötzlich geschah, so schnell hintereinander. Auch wenn es nicht sehr offensichtlich ist, er begreift, wie sehr der Tod ihrer aller Leben beherrscht. Denn es gibt Dinge, die sich nicht erklären lassen, die man nicht verstehen kann, so wie die schneebedeckten Berge. Dinge, die so trübe und so ungewiß sind wie das Schweigen, das die einzige Notwendigkeit ist, das Leben fortzuführen. Lediglich der Tod, der nicht einmal als wichtig erachtet wird, birgt keinen Zweifel, ist nun das einzig Gewisse. Der Tod, der Blutsbruder der Ausweglosigkeit und Hoffnungslosigkeit. Vielleicht wird Seyit die gellenden Stimmen des Todes nicht mehr hören, wenn sie am Ende dieses Weges, weit hinten in der Ferne, in der Ebene

angelangt sind. Er legt seinen brummenden Kopf in den Schoß seiner Großmutter, dreht sich zur Seite.
Bis vor einigen Tagen gab es weder Zeitpunkte noch Orte, die der Rede wert gewesen wären. Es gab keine Kurven und Krümmungen, keine geraden Linien in seinem Leben. Es gab noch keine Zeit hierfür. Oder aber er hatte es nicht wahrgenommen, was alles um ihn geschah. Ein Bergdorf, einige wenige Bäume, eine Kuh, der Geruch von getrocknetem Kuhmist. Schlamm. Es gab ein gertenschlankes Pferd, das wirklich sehr flink war. Wenn Seyit ihm die Peitsche gab, galoppierte es, Staubwolken aufwirbelnd, auf dem Dorfplatz von einem Ende zum anderen. Und dann gab es noch Vogelgezwitscher, das Saugen am Euter der Ziege oder das Warten auf die süßen, kleinen Küchlein in der gewölbten Bratpfanne. Es gab den ohrenbetäubenden Lärm der Flugzeuge, die im Tiefflug über das Dorf donnerten.
Jetzt sind sie unterwegs, fahren ins Ungewisse. Zeit: nachdem das Dorf niedergerissen wurde. Ort: Südostanatolien. Jahreszeit: Winter. Wendepunkt: die Lehrerin.
Das Haus mit einem einzigen Raum und dem Lehmdach, in dem Seyit auf die Welt gekommen ist, das Dorf und seine staubigen Straßen, in denen er auf und ab lief, gibt es nun nicht mehr. Die lärmenden Hähne, das Geschrei der spielenden Kinder, den grauschwarzen Esel gibt es nun nicht mehr. In seinem Gedächtnis gibt es Großmütter, die sich auf der Asche niederkauerten, die bis dahin die Türschwelle ihres Hauses gewesen war die schrien und in den Himmel blickten, als hofften sie

auf Hilfe von oben. Es gibt lautes Geschrei und Jammern, Totenklagen, einen riesigen Brand. Es gibt Gesichter, kaum zu erkennen wegen der Wolken, die sich am Horizont sammelten und das Tageslicht verdunkelten. Es gibt rußgeschwärzte Lehmmauern und den beißenden Rauch von lodernd brennenden Bettdecken in der Nase. In seinem kurzen Leben gab es zeitlose Erinnerungen, die aus schwarzweißen, verwischten Bildern bestanden, die miteinander vermischt waren. Der einzige Zeitpunkt, den er inmitten der Ereignisse bewußt wahrnahm, lag vier Tage zurück. Der Tag, an dem die Lehrerin eintraf.

Immerzu hat Seyit den Morgen in der Erinnerung, an dem der blaue Minibus von Saban vor der Lehrerwohnung neben dem halbverfallenen Schulgebäude anhielt. Zuerst lud Saban ein Bündel mittlerer Größe und einen großen Koffer aus. Danach stieg ein blutjunges, schlankes Mädchen in einer weißen Bluse, mit blonden Haaren aus. Zu dieser Stunde war weit und breit kein Mensch zu sehen. Seyit, der aufgewacht war, um zur Toilette zu gehen, sah sie als erster. Er sah ihren erschreckten, verwirrten Blick über das menschenleere Dorf schweifen. Er sah, wie sie die bisher noch nicht gekannte Armut betrachtete, bestehend aus fünfzehn, zwanzig Häusern mitten auf dem trockenen Feld, eingestürzten und halbverfallenen Häusern mit Lehmdächern. Er lief zu seiner Mutter und erzählte ihr davon. »Und auch noch ein Mädchen«, wunderte sich die Mutter, »die müssen verrückt sein, die sie hergeschickt haben.« An jenem Tag

traten die Frauen nicht vor die Haustür, sie fürchteten und versteckten sich. Sie wußten nicht, was sie tun sollten. Der Befehl aus den Bergen war unmißverständlich:
»In dieses Dorf kommt kein Lehrer des Staates, und wenn er kommt, wird er nicht am Leben gelassen!«
Nachdem die Schule letztes Jahr zerstört worden war und nach all dem, was dem vorherigen Lehrer widerfahren war, wunderten sich die Frauen, was dieses winzig kleine Mädchen hier zu suchen hatte. An jenem Tag ging die Lehrerin in der Umgebung der Schule umher. Es war totenstill. Als ob die Menschen umgebracht und die Toten begraben worden wären, als ob dem Dorf die Strafe auferlegt worden wäre, an der Brust des Windes zu hängen. Die Totenstille verhieß Schlimmes und war beängstigend. Die Lehrerin klopfte an einige Türen, doch niemand öffnete ihr. Sie verstand. Wer weiß, vielleicht entschloß sie sich, auf der Stelle umzukehren, während sie die Nacht zusammengekauert im Bett verbrachte und auf die Geräusche im ungeschützten Haus lauschte. Als sie am nächsten Morgen mit ihrem Koffer vor die Tür trat, kamen die Frauen angelaufen, streichelten ihr den Rücken und führten sie in das Haus zurück. Sollen die in den Bergen doch sagen, was sie wollen, die Kinder müssen Unterricht bekommen. War das nicht mit ein Grund für ihre Armut und für ihr Schicksal, vergessen worden zu sein? Der vorherige Lehrer war ein Mann. Und wenn dieses Mädchen alles in Kauf genommen und sich als Mädchen allein bis hierher aufgemacht hatte, dann war es eine Sünde, darin eine böse

Absicht zu suchen. Sie fegten und säuberten das Haus der Lehrerin und die einzige erhaltene Wand der Schule, richteten ihre Wohnung ein. Sie brachten ihre Kinder und ließen sie die Hand der Lehrerin küssen. Die Lehrerin entspannte sich und lächelte. Sie hieß Cicek.
Als der Lehrer Kenan damals hier unterrichtete, ging Seyit für zwei Monate zur Schule. Er hatte gelernt, seinen Namen zu schreiben. Und auch »Tepeköy«, das heißt »Dorf auf dem Hügel«, konnte er schreiben. Er hatte eine Landkarte von der Türkei gesehen. Er fand Ankara auf der Karte. Ankara war ein riesiger, roter Kreis. Das war die Hauptstadt der Türkei. Jeden Morgen, bevor der Unterricht begann, blickten sie auf das Bild von Atatürk über der Tafel und riefen laut, wie aus einem Munde: »Ich bin ein Türke, ich bin aufrichtig, ich bin fleißig.« Eines Tages hatte ihn sein Vater ausgeschimpft. »Du bist ein Kurde«, hatte er gesagt. Aber was soll's, wenn man wollte, konnte er sowohl Türke als auch Kurde sein. Der Lehrer Kenan hatte ihnen erzählt: »Das wichtigste ist, ein Mensch zu sein, ein Mensch sein zu können, mit Wissen und Verstand und mit Fleiß.«
Eine Freude erfüllte Seyit. Seine Mutter hatte sein Heft und seinen Stift in der Truhe verstaut. Er ließ sie wieder hervorholen. Die ganze Nacht war er voller Ungeduld, sehnte sich nach dem Morgen. Im Traum überlegte er hin und her, schrieb mal dies, mal jenes, füllte die Seiten, schweißüberströmt. Er malte das Bild eines Hirtenjungen, der die Ziegen beschnitt. Mit den Buntstiften, die der Lehrer mitgebracht hatte, malte er den Himmel, Felder und Büsche. Einmal hörte er im Schlaf

Geräusche. Ihm war, als ob Türen zugeschlagen wurden. Die Hunde bellten. Wie so häufig war das Knattern von Waffen zu hören, verschmolz mit seinen Träumen von der Schule. Seine Freude auf den Schulbesuch vermischte sich mit der Nacht, in der der Lehrer Kenan getötet wurde. Er wollte aufwachen, aber er schaffte es nicht.

Die Männer waren schon seit Jahren immerzu in den Bergen. Je mehr von ihnen getötet wurden, um so eher kam die Reihe an die Jungen und die waghalsigen Mädchen, sich den Guerillas anzuschließen. Es gab Monate, da waren nur noch Frauen und alte Männer auf den Anbaufeldern. Die müden und armseligen, vom Alter gebeugten Frauen, die in der Einsamkeit der Felder und der Nächte mit den kleinen Kindern zurückblieben. Und die Alten, die soviel Ungerechtigkeit und Not erlebt hatten, die hilflos waren und sich wünschten, möglichst bald zu sterben, um die Leichen ihrer Kinder nicht sehen zu müssen. Die Menschen, die, ob sie wollten oder nicht, den Befehlen folgen mußten, die vom Leid völlig ausgelaugt waren, das der sich in die Länge ziehende Krieg hervorrief. Gelegentlich kamen in den Nächten Männer, denen die Härte der Berge, in denen sie umherzogen, auf den Gesichtern geschrieben stand, oder schüchterne Jungen, denen gerade erst der Bart wuchs, heimlich über die Grenze. Sie kamen in mondlosen, finsteren Nächten, in kleinen Gruppen und bewaffnet, die lebensüberdrüssigen und zornigen Männer, die der Hauch von Gefahr umgab und deren Augen in der

Dunkelheit der Berge feurig glänzten. Türen, die mit den Fäusten aufgestoßen wurden, geflüsterte Namen und danach wieder Finsternis und Stille. Gegen Morgen verließen sie das Dorf, so wie sie kamen.
Seyits Vater kam schon seit sechs Monaten nicht mehr. Seyit wußte nicht, daß es sechs Monate waren, er wußte nur, daß es sehr lange war. Er hatte das Gesicht seines Vaters schon vergessen. Ihm war nur die Wärme des Vaters an seiner Wange geblieben, als dieser ihn zum letztenmal umarmt und sein Gesicht an den von der Sonne verbrannten Bart gedrückt hatte. Eine wilde Lebendigkeit, die sich in seinem Körper ausbreitete, blieb ihm von dieser Umarmung. Ihm blieben undeutliche Wortfetzen vom Krieg, vom Blutvergießen, von schönen Tagen, die nach dem Sieg kommen sollten, und von Feldern, die angebaut werden würden. Seyit hatte sehr viel nachgedacht, seitdem er seinen Vater nicht mehr sah. Wenn bloß nicht auch sein Vater irgendwo liegen würde, so wie Diso, den sie am Ufer des Baches gefunden hatten, sein Mund und seine Augen weit aufgerissen, als ob er mit Erstaunen auf seine eigene Leiche blickte, sein Körper übersät mit eitrigen Wunden, voller summender, grüner Fliegen. Warum sollte sonst wohl seine Mutter so sehr weinen in den Nächten? Warum sollte es sonst wohl seiner Großmutter von Tag zu Tag schlechter gehen?

Der Lastwagen hielt am Rande eines Hügels an. Aus einem zerstörten Wasserhahn rann ein schwacher Wasserstrahl dahin.

»Eine kurze Pause zum Austreten und zum Trinken«, rief der Fahrer, »aber haltet euch nicht zu lange auf . . .« Er öffnete die Klappe der Ladefläche und stellte einen Holzschemel davor, damit sie leichter aussteigen konnten. Dann ging er in Richtung der Büsche, um zu pinkeln.

»Möchtest du austreten?« fragte seine Mutter die Großmutter. Die alte Frau nickte.

»Hilf deiner Großmutter hinunter, Seydo . . .«

Manche Leute stiegen aus, andere kamen wieder zurück, es gab ein Durcheinander.

Seyit setzte seinen Mund an den Wasserhahn, trank durstig und gierig. Das Wasser war eiskalt. Er zitterte innerlich. Er spürte scharf seinen Hunger. Ohne es zu wollen, traf sein Blick die Leute, die Gras pflückten und es aßen. Es lohnte sich nicht, er konnte es noch eine Weile aushalten. Die Sonne, die sich auf dem Wasser im Trog spiegelte, erfreute ihn, füllte ihn mit einer fremdartigen Zufriedenheit aus. Aber er konnte dennoch nicht richtig unterscheiden, ob diese Begeisterung von der Sonne herrührte oder daher, daß alles so völlig neu für ihn war und einen abenteuerlichen Geschmack hatte. Er dachte an seinen Vater. Wir gehen weg von dem Krieg, dorthin, wo kein Krieg herrscht. Warten wir es ab, ob es da wohl wirklich keinen Krieg gibt, dachte er. Man durfte nicht alles glauben, was man hörte und was einem erzählt wurde. Das war eine der Voraussetzungen, um erwachsen zu werden. Die Kinder glaubten alles.

Wäre die Lehrerin Cicek nicht gekommen, so wären sie

nicht fortgezogen. Sie wären immer im Dorf geblieben, und Seyit wäre einige Jahre später auch in die Berge gegangen. Plötzlich erinnerte er sich an die Worte des Lehrers, der letztes Jahr zu ihnen in das Dorf gekommen war. Er war gekommen, um den Kindern, die nichts wußten, die nicht mal richtig Türkisch sprechen konnten, alles beizubringen. Er war gekommen, um ihnen die Menschlichkeit, die Welt, das Nachdenken, das Suchen und Treffen der richtigen Entscheidung beizubringen. Aber eigentlich war es sehr deutlich, daß er keine gute Entscheidung getroffen hatte, als er hierherkam. Wer weiß, ob er wohl noch die Gelegenheit gefunden hatte, seinen Irrtum einzusehen, als zwei bewaffnete Männer vor ihm standen?
Und die Lehrerin Cicek? Was hatte sie wohl gedacht, als man sie vor die Schule zerrte und über den Haufen schoß? Vielleicht glaubte sie gar nicht an das, was geschah. Sie war von so weit hergekommen, ganz vom anderen Ende der Türkei. Es war also nicht immer gut, in die Ferne zu gehen. Manchmal konnte es auch solch ein schlimmes Ende nehmen.

An jenem Tag hatten die Soldaten die Leiche der Lehrerin Cicek vor der Schule aufgehoben und mitten auf den Dorfplatz gebracht. Sie betteten sie auf Wolldecken, die sie auf dem Hühnermist ausgelegt hatten, und riefen die gesamte Dorfbevölkerung zusammen. Über ihrem Nachthemd aus blauem Flanellstoff trug die Lehrerin eine Strickjacke aus Orlon, in die sie nur mit einem Arm hineingefahren war. Ihre Fußnägel waren rosa lackiert.

Ihre Augen glichen zwei blauen Kornblumen, die auf einsamen Feldern wuchsen und sich an die Trockenheit gewöhnt hatten. In ihnen spiegelte sich das klare, frische Blau des Himmels. An ihrem Finger ein Ring mit einem winzigen, blauen Stein . . .
»Wie ist das passiert? Redet!« befahl der Kommandant.
»Wir wissen es nicht . . .« antworteten die Dörfler.
»Wenn ihr nicht, wer sollte es sonst wissen? Nun sprecht schon, wer hat ihnen Unterschlupf gewährt?«
Schweigen.
»Ich lasse euch allesamt verprügeln, wenn ihr nicht auf der Stelle redet!«
»Die sind mitten in der Nacht von irgendwoher gekommen, haben sie getötet und sind wieder abgehauen. Wer sollte schon bei der großen Furcht hinausgehen und nachschauen!« erzählte der Großvater.
»Ihr Lügner«, schrie der Kommandat, »wie bringt ihr es übers Herz, solch einem Mädchen das anzutun?«
»Hier ist Grenzgebiet«, entgegnete der Großvater, »wer dieses Mädchen trotzdem hierhergeschickt hat, der trägt die Schuld.«
»Wo ist dieser niederträchtige Schulrat?« brüllte der Kommandant. »Der steckt mit denen unter einer Decke!«
Die Soldaten zerrten den Schulrat des Regierungsbezirks herbei, warfen ihn mitten auf den Platz. Die Offiziere und der Kommandant schlugen auf ihn ein und traten ihn. Sie schleiften ihn am Boden entlang.
Genau in dem Augenblick begann es an fünf, sechs verschiedenen Stellen des Dorfes zu brennen.

»Ihr vernichtet uns!« schrien die Frauen.
»Merkt euch die Vaterlandsverräter und die Banditen unter euch gut! Solange ihr sie in Schutz nehmt und sie unterstützt, werdet ihr eurem Unglück nicht entgehen!«
Die Frauen liefen auf ihre Häuser zu, doch die Soldaten schnitten ihnen den Weg ab.
»Räumt das Dorf! Dieses Dorf existiert nicht mehr!«
Das Weiße in den Augen der Soldaten war trübe. Sie richteten ihre Gewehre auf die Menschenmenge und warteten. Der Feuerschein des hinter ihnen brennenden Dorfes fiel auf ihre Hände und Gesichter. Die Dörfler hatten kein Gesicht, die Gesichter waren ein einziges lautes Wehgeschrei. Die Hilferufe der Kinder rissen nicht ab. Vier Gendarmen trugen die Leiche der Lehrerin in einen Wagen.

An jenem Abend ging Seyit auf der Brandstelle umher. Inmitten der verkohlten Trümmer suchte er sein liniertes Schulheft und seine Steinschleuder. Auch die Truhe für die Aussteuer von Orhans älterer Schwester Nazife war verbrannt. Nazife wußte noch nicht, daß ihr Verlobter in den Bergen getötet worden war. Sie verheimlichten es ihr. Sie lag auf der Asche ihres Hauses. Sie hatte wieder den Verstand verloren. Ihr Körper war wie versteinert. Sie öffneten ihre zusammengepreßten Zähne mit Hilfe von Löffeln und flößten ihr etwas Wasser in den Mund. Ihr Gesicht war gelbgrün. Ihre Mutter hatte sich auf sie gesetzt, als ob sie auf einem Pferd säße, und hielt ihre Arme fest. Seyits Großmutter hatte sich auf

einem Stein niedergekauert, der früher im Hof des Hauses stand, und rauchte, ihren Blick auf die Berge gerichtet. Sie schaute auf die barfüßigen, hungrigen und weinenden Kinder und blickte zum Himmel hinauf. Sie dachten an unbekannte Wege und fremde Orte. Eine Wanderung auf Wegen, deren Ende niemals im voraus bekannt ist. Weite und Entfernungen.
»Es reicht, ihr habt euch lange genug aufgehalten, wir fahren weiter, alle einsteigen«, rief der Lastwagenfahrer.

Als die Sonne unterging, war der Lastwagen in der flachen Ebene angelangt und fuhr lange Zeit nur geradeaus. Sie fuhren an den Baumwollfeldern vorbei. Seyit betrachtete die seltenen Tankstellen und die spärlichen Geschäfte auf der Straße. Als er sich seiner Mutter zuwandte, begegnete er dem unerträglichen Kummer in ihren Augen.
»Wenn mein Vater zurückkehrt, wird er vielleicht sogar einen Laden eröffnen, nicht wahr, Mutter?« fragte er sie, wie um sie zu trösten. Seine Mutter schwieg, sog die Luft tief in sich hinein.
»Bestimmt eröffnet er . . .« fügte Seyit hinzu.
»Was weißt du schon von Läden und all diesen Dingen! Laß uns erst einmal in Adana ankommen und ein Dach über dem Kopf haben . . .«
»Wenn wir dort ankommen, werde ich aber zur Schule gehen, das mache ich auf jeden Fall, egal, was passiert«, sagte Seyit etwas gekränkt und flehend, »ich werde doch zur Schule gehen, nicht wahr?«

LUTZ VAN DIJK

Der Tod des kurdischen Großvaters

Nur einmal in meinem ganzen bisherigen Leben, im Grunde nur für ein paar Wochen, habe ich so etwas wie Sympathie mit uns Kurden erlebt. Damals, im März 1991, war ich fünfzehn. Mit meiner älteren Schwester Leyla war ich gemeinsam in der norddeutschen Hafenstadt Hamburg aufgewachsen, wo unsere Eltern kurz vor meiner Geburt in einem Asylbewerberheim gestrandet waren.

Nur mit Hilfe von amnesty international gelang es Vater damals, für uns eine vorübergehende Aufenthaltsgenehmigung zu bekommen, die später in eine dauerhafte umgewandelt wurde. Mir gaben meine Eltern den kurdischen Namen Avin – die Geliebte.

Ich wußte lange nicht viel von meinem Großvater, ja, ich

hatte ihn noch nie wirklich gesehen. Das einzige war ein zerknittertes kleines Paßfoto, das Mutter von ihrem Vater durch alle Stürme des Lebens gerettet hatte und mich einmal hatte sehen lassen. Darauf war ein Mann mit kurzen dunklen Haaren und einem langen Schnurrbart zu erkennen, dessen Spitzen links und rechts über das Gesicht hinausragten. »Da war er so dreißig oder fünfunddreißig«, erläuterte Mutter. So genau weiß es keiner, weil niemand seine Geburt in jenem kleinen Bergdorf in Irakisch-Kurdistan registriert hatte. Als er meiner Schwester Leyla das Leben rettete, müßte er also etwa siebzig bis fünfundsiebzig Jahre gewesen sein.

Leyla war schon immer wilder und entschlossener als ich gewesen. Und seit sie mit Farhad zusammen war, gab es kein Halten mehr. Sie wollte unbedingt perfekt Kurdisch sprechen lernen, und sie las alle Bücher, die sie nur bekommen konnte über die Geschichte des kurdischen Volkes, das, wie sie bald zu berichten wußte, »schon in Keilschrifttexten als Kardaka-Kurden im Jahr 2 000 vor Christi Geburt erwähnt wurde«. Auch Farhad war in Deutschland aufgewachsen, sein Kurdisch war fehlerhaft, und er trug, wenn er es nur irgendwie bezahlen konnte, die neuesten Modeklamotten. Ich muß zugeben, daß er mit seinen achtzehn Jahren wirklich gut aussah. Aber ob ich mit ihm im Frühjahr 1991 heimlich nach Kurdistan gegangen wäre, um bei der Befreiung der Kurden mitzuhelfen – da bin ich ganz ehrlich: Ich glaube es nicht.

Obwohl ich mich genau erinnere, wie euphorisch damals die Stimmung in vielen kurdischen Familien war, die im Exil in Europa lebten. Schon im Frühjahr 1990 hatte es mehrere Aufstände in Türkisch-Kurdistan gegeben, wo mehr als fünfhundert kurdische Dörfer zerstört worden waren. Aber davon wußten damals nur die Eingeweihten, weil das türkische Militär über die »Serhildan«, das kurdische Wort für Erhebung, kaum etwas nach draußen dringen ließ.

Erst als der irakische Diktator Saddam Hussein am 2. August 1990 den kleinen undemokratischen, aber sehr reichen Ölstaat Kuwait mit dessen rund 700 000 Kuwaitis und rund 1,5 Millionen Gastarbeitern überfiel, richtete die Weltöffentlichkeit ihr Interesse auf diesen Teil des Nahen Ostens, in dem das kurdische Volk mit rund fünfundzwanzig Millionen Menschen in vier Staaten jeweils als Minderheit zerrissen lebte. Nachdem die UNO Saddam Hussein ein Ultimatum zum Rückzug aus dem winzigen Staat am Golf bis zum 15. Januar 1991 gestellt hatte, hielt die Welt den Atem an, denn der irakische Diktator hatte lautstark angekündigt, daß er dies nicht tun werde. Am 17. Januar begann der sogenannte Golfkrieg zur Befreiung Kuwaits durch einen massiven Luftangriff der USA.

Nie werde ich jene Nacht vergessen, als wir bei uns im Wohnzimmer alle gebannt auf den Fernseher starrten, wo via den US-amerikanischen Nachrichtensender CNN überall in der Welt Menschen zu Hause mitverfolgen konnten, wie so ein Krieg beginnt: in der Nacht, mit unglaublich viel Lärm, mit Raketen und Granaten, die von Flugzeugen auf Wohngebiete abgeworfen werden und dort Verletzte und Tote hinterlassen. Alles ist ganz

hektisch und chaotisch, es ist eigentlich wie in einem Film, und ein paarmal mußte ich mir in den Arm kneifen, um mir klarzumachen, daß das jetzt wirklich passierte – in unmittelbarer Nähe unserer im Irak lebenden Familienmitglieder, auch in der Nähe von Großvater.
In den nächsten Tagen haben viele deutsche Schülerinnen und Schüler gegen den Krieg demonstriert, was ich ganz toll fand. Ich wurde einmal gebeten, etwas über meine Familie zu erzählen, und brachte dann auch das Foto von Großvater mit. Viele Erwachsene belächelten das Engagement der Kinder und Jugendlichen. Das fand ich wirklich verrückt, weil gerade in Deutschland doch immer alle Lehrer davon geredet hatten, daß Krieg das Schlimmste überhaupt sei und daß Hitler Millionen Juden umgebracht habe. Bis zum Golfkrieg wußte kaum jemand von meinen Mitschülern, wie viele Kurden schon ermordet worden sind und noch immer ermordet werden.
Und dann kam jener 15. Februar, an dem der US-amerikanische Präsident Bush die Kurden im Irak aufrief, »es in die eigenen Hände zu nehmen, den Diktator Saddam Hussein zum Verschwinden zu zwingen«. Von da an war mit Farhad nicht mehr zu reden. »Ich gehe nach Hause und werde mitkämpfen!« sagte er, obwohl er doch noch nie im Leben im Irak oder gar in Irakisch-Kurdistan gewesen war. »Wenn der Präsident das sagt, dann wird er uns helfen – das ist eine einmalige Chance!« fuhr er fort. Ich erschrak, als ich sah, wie Leyla ihm zunickte.
Anfang März verschwanden die beiden über London in

den Irak. Wahrscheinlich haben sie noch die zwei kurdischen Jubelwochen im Irak mitmachen können – als kurdische Gefangene befreit wurden und überall im kurdischen Teil des Irak Befreiungsfeiern stattfanden. Doch schon Ende März kommt das böse Erwachen, als Saddam Hussein sein angeschlagenes Militär versammelt und unter Duldung der US-Amerikaner mit Kampfhubschraubern Bombeneinsätze gegen uns Kurden und die andere Minderheit der Schiiten fliegen läßt. Niemand greift ein, niemand hilft den Kurden oder Schiiten.

Voller Angst und Entsetzen verfolgen wir einige Wochen lang jeden Abend in den Nachrichten die Flucht von rund drei Millionen kurdischer Kinder, Frauen und Männer: Menschen, die sich in verschneiten Landschaften über schlammige Bergpfade dahinschleppen, unzureichend gekleidet, ohne Nahrung, häufig verletzt. Sind Farhad und Leyla dabei? Sind sie überhaupt noch am Leben?

In Deutschland setzt ein zunehmendes Desinteresse ein: Irgendwann gibt es wieder woanders neue Katastrophen, hier ein Erdbeben, dort eine Überflutung. »Worum ging es eigentlich bei den Kurden?« fragte mich einmal eine Mitschülerin, von der ich gedacht hatte, daß sie sich wirklich dafür interessiert hatte.

Wir – Vater, Mutter, ich und Farhads Familie – können nicht vergessen. Wir haben Angst um die Schwester und den Bruder, die Tochter und den Sohn. Vor allem Vater macht sich Vorwürfe, daß er Leyla nicht von dem waghalsigen Unternehmen abgehalten hat.

Erst nach beinah zwei Jahren konnte Leyla durch das Rote Kreuz zurück nach Europa kommen. Ihr Geliebter Farhad wird bis heute vermißt. Es ist nur Großvater zu verdanken, daß Leyla aus dem umkämpften Kirkuk herausgekommen ist. Großvater kannte die Umgebung wie seine Westentasche und war stolz, trotz seines Alters nützlich sein zu können. Zu fünft flohen sie mit einem Esel: Großvater, Leyla, zwei kleine Schwestern von Farhad und der Straßenjunge Namo, der den Esel organisiert hatte.

In einem Tagebuch hat Leyla die Flucht so beschrieben: »Dank Großvaters Ortskenntnissen konnten wir Hauptstraßen umgehen, was den Vorteil hatte, daß wir mehrere Staus vermieden. Außerdem fühlten wir uns so sicherer, denn Flüchtlingstrecks waren bereits wiederholt von Kampfhubschraubern angegriffen worden.

Unser Weg führte immer höher ins Gebirge. Am Ende des ersten Tages spürten wir, wie die Luft merklich kühler wurde. Vor allem die Kinder begannen jämmerlich zu frieren. Ich wickelte immer neue Schichten mitgenommener Tücher um ihre kalten Füße. Aber es half immer weniger. Als es Nacht wurde, meinte Großvater, daß wir wieder etwas hinabsteigen müßten. Hier oben könnten wir leicht von einem Schneesturm überrascht werden – und dies würde das Ende bedeuten.

In der Schlucht, die wir als Nachtquartier wählten, hatten bereits viele Menschen zu kampieren begonnen. Um schwach flackernde Lagerfeuer saßen dicht gedrängt Schatten und versuchten, etwas von der Wärme zu erhaschen. Wie sehr hätte ich auch unseren drei Kindern

einen Platz am Feuer gegönnt, aber es gelang mir nicht, eine freie Stelle für sie zu erstreiten.
Kaum hatten wir endlich einen windgeschützten Platz an einem Felsen gefunden und Großvater und ich mit den Kindern in unserer Mitte unsere größte Decke über alle gebreitet, als es zu regnen begann. Mit vielen anderen sprangen wir wieder auf, um uns zu denen zu drängen, die Schutz unter Felsvorsprüngen gefunden hatten.
Doch es war einfach aussichtslos. Zu viele Menschen suchten solchen Schutz vor dem mittlerweile strömenden Regen. Wir standen eng aneinandergepreßt, während die feuchte Kälte allmählich bis auf die Haut drang. Irgendwann sanken wir vor Erschöpfung zu Boden und schliefen halb sitzend, halb aneinandergelehnt im Regen ein.
Als es hell wurde, hatte der Regen aufgehört. Aber alle Wege waren zu schlüpfrigen Pfaden geworden. Auch die Kälte war geblieben, und niemand von uns besaß mehr trockene Sachen. Die Kinder waren als erste auf den Beinen. Der kleine Namo sorgte sich rührend um unseren Esel.
Die dreijährige Nasrin machte uns Sorgen, weil sich ihre Stirn heiß anfühlte. Wir zogen sie aus und rieben ihren schmächtigen Körper mit einem wärmenden Öl ein. Dann wickelten wir sie in die einzige einigermaßen trocken gebliebene Decke und setzten sie auf unseren Esel.
Auch Großvater ging es heute schlechter. Die erste Etappe hatte ihn sichtlich erschöpft: ›Es hilft nichts – bis zur

Grenze sind wir noch mindestens zehn Tage unterwegs. Los, helft mir beim Aufstehen!‹

Ihm war so schwindlig, daß er sich gleich wieder setzen mußte. Dann riß er sich mit ungeheurer Kraft zusammen, ergriff seinen Stock und nahm den Strick des Esels. Bestimmt zwei Stunden ging Großvater voran, ohne sich etwas anmerken zu lassen und ohne auch nur eine einzige Pause zu machen. Vielleicht hatte er schon etwas geahnt?

Ich kann nicht genau sagen, ob er über etwas gestolpert ist oder einfach von selbst zusammenbrach. Plötzlich ruckte der Esel, weil Großvater unmittelbar vor seinen Hufen zu Boden gestürzt war. Namo und ich versuchten sofort, ihm wieder aufzuhelfen, aber er sah uns wohl nicht mehr, redete unverständliche Worte und konnte seinen Blick kaum mehr kontrollieren.

Mehrere Familien gingen wortlos an uns vorbei. Einige beschwerten sich sogar, daß wir den Weg versperrten. Mir war klar, daß unser Anblick für die meisten nichts Besonderes mehr war. Andere hatten womöglich schon viel schlimmere Szenen miterlebt als einen alten sterbenden Mann. Ich hielt Großvaters Kopf, als mit einemmal alle Kraft aus ihm wich und er mit geöffneten und nach hinten verdrehten Augen zu atmen aufhörte. Niemand von uns weinte. Großvater hatte uns alles gegeben, was er noch besaß. Ohne ihn wären wir nie mehr heil aus Kirkuk herausgekommen . . .«

Ich halte die eng beschriebenen Seiten des Schulheftes in der Hand, in das Leyla noch im Irak ihre Erlebnisse notiert hat. Wenn ich mich umschaue, sehe ich Poster

von ein paar Popstars neben der kurdischen Nationalflagge. Auf dem kleinen Fernseher stehen ein Bild von Farhad und das zerknitterte Paßfoto von Großvater. Leyla arbeitet auch nach ihrer Rückkehr in einer kurdischen Organisation hier in Hamburg mit. Neulich bei einem Sitzstreik ist sie von der Polizei festgenommen worden. Ein paar Passanten haben ihr zugerufen: »Geh doch nach Hause, wenn's dir hier nicht paßt!«
Wenn die wüßten. Leyla ist überzeugt, daß Farhad am Leben ist. Ich spüre, wie sehr sie ihn noch immer liebt.

Nevfel A. Cumart

treibjagd

nachts brüllten sie
vor unseren fenstern
besprühten die wände
werfen steine
brandsätze
in unsere wohnungen

nachts brüllten sie
vor unseren fenstern
streiften durch unser dorf
setzten häuser in brand
prügelten erschossen
unsere eltern geschwister
lehrten uns das fürchten

mit ausgedienten waffen
unserer neuen brüder und schwestern
trieben sie uns in ihre arme

Osvaldo Bayer

Kinder als Kriegsbeute

Wir Argentinier hätten es niemals geglaubt. Einst lasen wir die Geschehnisse von Lidice als etwas, das sehr weit entfernt war, in einem von diesen Kriegen, Klassenkämpfen, von Hunger und Unterdrückung pervertierten Europa. Dagegen wäre so etwas Grausames in unserem Argentinien – einem Land der Kultur und des Weizens und über alles katholisch – nie vorgekommen. Ganz im Gegenteil: Wir, die Argentinier, waren dazu da, Verfolgten und Hungernden zu helfen; wir hatten es während des Zweiten Weltkriegs und danach bewiesen. Nein, in unserem Land mit der blau-weiß-blauen Fahne könnte so etwas nie geschehen.

Wer heute die juristischen Dokumente des Gerichtsverfahrens gegen die Kommandanten der argentinischen Militärdiktatur (1976–1983) liest, wer die Forschungsergebnisse der internationalen Menschenrechtsorgani-

sationen über die Repression in Argentinien während jener Jahre studiert, kann nur mit Entsetzen über den Sadismus staunen, mit dem die Militärs gegen Verhaftete, Gefangene und ihre Familien vorgegangen sind.
Natürlich kann eine Grausamkeit nicht schlimmer als eine andere sein. Weder eine noch so sadistische Grausamkeit rechtfertigt eine weniger grausame, noch kann eine Gesellschaft ihre Schuld mindern, weil andere Völker ähnlich schlimme Repressionen gegen Fremde oder Teile der eigenen Bevölkerung toleriert haben. Trotzdem erschüttert einen das Vorgehen der argentinischen Militärs, denn das Verschwindenlassen von Personen war bis dahin eine unbekannte und perverse Variante der Repression. Hauptsächlich in bezug auf ihr Vorgehen gegen Schwangere und auf das Schicksal ihrer in den Konzentrationslager geborenen Kinder.
Das Thema dieses Buches ist »Kinder im Krieg«. War das ein Krieg, was in Argentinien während der siebziger Jahre stattfand? Um ihr Verhalten zu rechtfertigen, nannten ihn die argentinischen Militärs einen »schmutzigen Krieg«. »Krieg«, weil – laut ihrer Meinung – in einem Krieg alle angewandten Mittel zu rechtfertigen sind, denn das Ziel ist der Sieg (um eine »gesunde« Gesellschaft zu retten); »schmutzig«, weil der Feind weder durch Uniform noch durch Fahne zu identifizieren war und man zu allen verfügbaren Mitteln greifen mußte, um ihn zu besiegen.
Andererseits wandten sich die handelnden Guerillainstitutionen immer wieder an die internationalen Orga-

nisationen und forderten die Einhaltung der Genfer Konvention für Kriegsgefangene auch für die Inhaftierten in den Konzentrationslagern.
Aber es war kein Krieg, sondern eine wilde Verfolgungsjagd gegen jeden Andersdenkenden. Ein »Krieg gegen die eigene Bevölkerung«. So steht es im offiziellen Bericht des Rechtsverfahrens, das gegen die Militärs nach der Wiedereinführung der Demokratie stattfand: Nur fünf bis sechs Prozent der Ermordeten (»Verschwundenen«) waren Guerillakämpfer. Der Rest waren Gewerkschafter (30 %), Studenten, Universitätsprofessoren, politische Aktivisten, Priester der Befreiungstheologie und hauptsächlich Familienangehörige der Verfolgten. Der Bericht betont, daß alle unschuldigen Opfer als »Subversive« ausgewiesen wurden, wenn auch sie »niemals eine Waffe benutzt hatten, auch wenn sie grundsätzlich gegen Waffengebrauch waren, auch wenn sie schwerbehindert waren, auch wenn sie nicht vorbestraft waren, auch wenn sie fern jeder politischen Aktivität lebten« (s. Ciancaglini/Granovsky, 1995, »El juicio a las juntas«, S. 279).
Die Autoren der Analyse des Gerichtsberichts – Ciancaglini und Granovsky – schreiben in ihrem Buch »Das Gerichtsverfahren gegen die Junta«: »Was mit den Guerilleros geschah, war kriminell: sie zu foltern, auszurauben, inklusive ihrer Kinder. Es war kriminell, sie ohne vorheriges Verfahren zu ermorden und ihre Körper verschwinden zu lassen. Doch je mehr man darüber nachdenkt, daß etwa 90–95 % der Opfer weder Guerilleros noch Terroristen waren, um so mehr kommt man

zu dem Schluß, daß es keine Worte gibt, die das Ausmaß des Verbrechens beschreiben können.«
Die Kriegsbeute: Militärs und Polizei, die Hausdurchsuchungen bei den Opfern durchführten, nahmen alle wertvollen Gegenstände aus den Wohnungen mit. Selbst Diktator General Galtieri rechtfertigte vor Gericht das Recht auf Kriegsbeute, indem er sich auf den spanischen Dominikaner Francisco de Vitoria bezog, der im 16. Jahrhundert behauptete: »Es ist legitim, sich der Güter des Feindes zu bedienen, um die Kriegskosten und die vom Feind verursachten Schäden zu begleichen.« Doch unter jene Kriegsbeute fielen auch die geborenen und ungeborenen Kinder der Opfer.
Doch weshalb die Kinder? Weil sie als eines der wichtigsten politischen Motive für die Repressoren galten, die einen katholischen Fundamentalismus als Ideologie verkörperten. Aus den Aussagen von jungen schwangeren Frauen oder Zeugen, die die Konzentrationslager überlebten, sowie aus Gerichtsberichten und Erklärungen von »reuevollen« Repressoren geht hervor, daß die argentinischen Militärs besonders hart gegen schwangere Gefangene vorgingen. Sie mußten auf den harten Zementböden der Zellen entbinden, mit verbundenen Augen und gefesselten Händen. Die Behandlung durch die Militär- und Polizeiärzte war die gleiche wie die der Wächter. Die Ärzte durchtrennten die Nabelschnur und nahmen das Neugeborene mit. Die Gefangene mußte gleich nach der Entbindung die Zelle reinigen und wurde dann mit unbekanntem Ziel zur Hinrichtung weggeschafft. Die in Gefangenschaft

geborenen Kinder wurden an Militär- und Polizeifamilien übergeben, die sich vorher in eine Warteliste eingetragen hatten.

In vielen wissenschaftlichen Arbeiten wurde nach den Gründen solcher Grausamkeit geforscht. Die meisten Arbeiten – hauptsächlich die der Psychologen – deuten auf die extrem fundamentalistisch-katholisch-falangistische Erziehung der Offiziere hin. Wenn man davon ausgeht, daß das Kind das Produkt eines »marxistischen« Paares war (und »Marxisten« sind immer Feinde Gottes), das obendrein unverheiratet war, dann ist diese Frau eine unrettbare Sünderin. Daher wurde bei der schwangeren Gefangenen das biblische Wort »Du sollst in Schmerzen gebären« angewandt. Die nachfolgende Entführung des Neugeborenen sollte es aus den Klauen des »Marxismus« retten. Polizei- und Militärfamilien sollten dagegen eine religiöse und »argentinische« Erziehung sichern.

Die Repression geriet somit in eine absolut neue Sphäre: die Kinder als Opfer, denen man ihre Identität raubte. Das Schicksal der Waisenkinder von Lidice wiederholte sich somit auf der südlichen Erdhälfte. Die argentinischen Militärs wollten die besseren Nazis sein und bedienten sich Methoden, die an die Inquisition im 13. Jahrhundert erinnern, obwohl diese zumindest ihr Antlitz bei öffentlichen Prozessen zeigte, während die argentinischen Militärs ihre Greueltaten leise und versteckt durchführten. Man schätzt, daß auf diese Weise etwa fünfhundert Neugeborene und Kinder bis zu drei Jahren, die ihren Eltern bei der Entführung abgenom-

men wurden, vergeben worden sind. Aber es gab auch Repressoren, die glaubten, daß für die Kinder der »Marxisten« keine ideologische Rettung möglich war; für sie war die Endlösung viel drastischer: Die schwangeren Gefangenen wurden mitsamt ihrem kostbaren ungeborenen Leben hingerichtet.
Die Gerichtliche Anthropologische Gesellschaft fand in einem Massengrab der Opfer der Diktatur, in Avellanda, die sterblichen Überreste einer jungen, im siebten Monat schwangeren Frau, die mit einem Schuß in den Bauch ermordet worden war.
Die Methode des »Verschwindenlassens« von Personen als Art der Repression erschien anfangs als der perfekte politische Mord. Man entführte das Opfer, raubte es aus, sprengte sein Haus in die Luft, oder man zwang es, den Verkauf des Objekts an seinen Peiniger zu unterschreiben, verschleppte es in ein Konzentrationslager, wo es bis zu einer Aussage gefoltert wurde. Gab es nichts preis, dann wurde seine Familie entführt und so lange gefoltert, bis der Verdächtige gestand. Dann wurde er hingerichtet und je nach Meinung des regionalen Kommandanten auch seine Familie, wenn sie nicht in ein anderes Konzentrationslager verschleppt und dort weiteren unmenschlichen Bedingungen ausgesetzt wurde. Diese Personen galten als »verschwunden«, d. h., die Diktatur erklärte offiziell, nichts von den gesuchten Personen zu wissen. »Verschwundene« konnten verschiedene Schicksale erleiden: Man ermordete sie, und ihre Körper verschwanden in einem Massengrab mit der Inschrift »NN«, man verbrannte sie, oder man warf sie,

nach Verabreichung einer Beruhigungsspritze, lebend aus einem Flugzeug in den Atlantischen Ozean (so wurde dieser Vorgang von einem der Repressoren – Kapitän Scilingo – vor kurzem im argentinischen Fernsehen geschildert).

Doch was den Militärs als der perfekte Mord galt, kam aufgrund einer Frauengruppe ans Tageslicht, die trotz der schärfsten Repression auf die Straße ging, um die Wahrheit zu erfahren und zu verkünden. Es waren die Mütter der »Verschwundenen«, bekannt als die »Mütter der Plaza de Mayo«. Ebenso handelten die Großmütter, um nach dem Schicksal ihrer Enkel zu forschen. Es entstand die Vereinigung der Großmütter von »verschwundenen« Enkeln, die sich später in »Vereinigung der Großmütter der Plaza de Mayo« umbenannte. So gibt es heute zwei Organisationen des Widerstands mit verschiedenen Zielen. Die Mütter der Plaza de Mayo wissen, daß ihre Kinder umgebracht wurden, und ihr Verlangen ist Gerechtigkeit und Verurteilung der Schuldigen. Die Großmütter dagegen wissen, daß ihre Enkelkinder entwendet wurden und man mit sehr viel Umsicht nach ihren Spuren suchen muß. Die Mütter bemühen sich heute um eine ethische Rückforderung ihrer toten Kinder; die Großmütter dagegen wollen wissen, wie ihre Enkel aussehen, und verzweifeln über die vielen Jahre, in denen ihnen nicht vergönnt war, ihre Enkelkinder zu sehen und zu betreuen. Sie verzeihen nicht, die schönsten Jahre der Großeltern-Enkelkind-Beziehung verpaßt zu haben.

In bezug auf die »Verschwundenen« gingen die Militärs

davon aus, daß man den Neugeborenen nur eine neue Identität geben müsse, um den Zweck – die »Entmarxistierung« der Gesellschaft – zu erreichen. Aber so wie die Methode des »Verschwindenlassens« von Personen das Ziel des perfekten politischen Mordes verfehlte, weil die Militärs nicht mit den Müttern gerechnet hatten, so wurde auch ihre Politik bezüglich der Kinder der Opfer durch die unerschütterliche Arbeit der Großmütter aufgedeckt.

Der Sturz des Militärs 1983 und der Wiedereinführung der Demokratie mit Präsident Alfonsin hat aber überhaupt nicht die Lage der Großmütter erleichtert. Sie dachten, die neue Regierung würde eine gründliche Untersuchung zur Aufklärung des Verbleibs der entführten Kinder einleiten. Dafür sollten alle verantwortlichen Militärs zur Rede gestellt werden, hauptsächlich General Camps, der oberste Polizeichef, der sich in einer Reportage mit folgenden Worten brüstete: »Persönlich habe ich kein einziges Kind umgebracht. Das einzige, was ich tat, war, einige Kinder an Hilfsorganisationen zu geben, damit für sie neue Eltern gefunden würden, denn die Subversiven erziehen ihre Kinder für die Subversion, und das muß man vermeiden.« Himmler hätte es sicher auch so ausgedrückt.

Aber das Gegenteil geschah: Das neue, vom Volk gewählte Staatsoberhaupt, Alfonsin, hat den Fall der Justiz übergeben, einer Justiz, bei der 80 % der Richter aus der Militärdiktatur übernommen worden waren. Nicht nur die Justiz schloß ihre Augen vor solch unmenschlicher Repression. Auch die Gesellschaft blieb die gleiche, eine

Gesellschaft, die schweigend den Verbrechen zugeschaut hatte; die Vertreter der Wirtschaftsmächte, die allesamt die Diktatur unterstützt hatten; die Vertreter der katholischen Kirche, die – außer drei Bischöfen – allesamt die Diktatoren begleitet hatten; die berühmtesten Intelektuellen wie Jorge Luis Borges, Ernesto Sábato, Adolfo Bioy Casares und Mugica Láinez, die während der grausamsten Zeiten am Tisch des Diktators Videla gespeist hatten. Als die Verbrechen ans Tageslicht kamen, zeigte die Gesellschaft anfangs große Neugierde – als ob sie vorher nichts gewußt hätte –, beschloß aber dann zu vergessen. Die anfangs gängige Redensart »Sie werden schon was am Stecken gehabt haben«, um das »Verschwinden« von Nachbarn und Bekannten – hauptsächlich, wenn es sich um Jugendliche handelte – zu erklären, wurde nun umgewandelt in »Laßt uns das Vergangene vergessen«, »Laßt uns in die Zukunft schauen«.

Als das Drama der gestohlenen Kinder ans Tageslicht kam, empfahl die »öffentliche Meinung«, die Kinder bei ihren Adoptiveltern, den Enteignern, zu lassen, denn die Wahrheit, d. h. die Feststellung, daß ihre jetzigen Eltern die Henker der leiblichen sind, wäre für die Kinder eine schreckliche. Eine wahre griechische Tragödie. Die Medien versuchten, den Großmüttern Steine in den Weg zu legen, hauptsächlich zwei Fernsehmoderatoren: Neustadt und Grondona.

Mittlerweile hatte Alfonsin die Notstands und Schlußpunktgesetze verabschiedet, die alle in Folter, Mord, Entführung und Diebstahl involvierten Militärs

begnadigten, und Präsident Menem folgte seinem Beispiel mit der Begnadigung der Junta-Mitglieder. Die Straffreiheit wurde zum obersten Gesetz in bezug auf alle vorangegangenen Verbrechen. Aber die Großmütter setzten ihre Nachforschungstätigkeiten fort. Von den fünfhundert entführten Kindern haben sie bis jetzt fünfzig wiedergefunden, die heute bei ihren Großmüttern oder anderen Verwandten leben. Drei dreijährige Kinder wurden ermordet aufgefunden und weitere vier in den Leibern ihrer toten Mütter.
Ein nach einem langen Gerichtsverfahren der Großmutter zurückgegebenes Mädchen – Paula Logares, die heute schon 20 Jahre alt ist – kam zu einer Vorlesung des Lehrstuhls für Menschenrechte der Philosophischen Fakultät von Buenos Aires, der ich vorstehe, um von ihren Erfahrungen vor siebenhundert Studenten zu berichten. Der Adoptivvater, der sie als eigene Tochter auf dem Standesamt angemeldet hatte, war Oberkommissar in San Justo; dort waren die Eltern Paulas zum letztenmal lebend gesehen worden. Paula war 23 Monate alt, als Kommissar Lavallén sie mitnahm. Sie wurde gezwungen, »Papa« und »Mama« zu ihren Entführern zu sagen. Nach einem sehr langen Gerichtsverfahren wurde sie im Alter von neun Jahren ihrer Großmutter übergeben. Lange noch näherten sich der Kommissar und seine Frau der Schule, in die Paula ging, um sie von weitem zu beobachten: ihr einziger Trost. Die Natur und die Geschichte haben sich an den Repressoren gerächt. Nun mußten die Entführer die Abwesenheit der Tochter ihrer Opfer selbst erleiden.

Aber nicht nur die adoptierten Kinder kann man als Opfer der Repression betrachten, sondern auch alle diejenigen, die aufgrund der Ermordung ihrer Eltern von anderen Familienangehörigen aufgezogen wurden. Heute sind sie alle ca. 20 Jahre alt und haben sich in einer Vereinigung zusammengeschlossen, die sich »Hijos« (Töchter und Söhne) nennt. Das Wort setzt sich in Spanisch zusammen aus den Anfangsbuchstaben der Wörter »Kinder für Identität und Gerechtigkeit, gegen Vergessen und Schweigen«. Sie treffen sich, unternehmen viel zusammen und kämpfen für die Einhaltung der Menschenrechte. Sie sind immer bei den großen Demonstrationen der Mütter und Großmütter der Plaza de Mayo dabei.
Auch sie kamen zu einer Vorlesung in die Universität. Ich erinnere mich an die junge Patricia Pujol: Sie war die älteste von drei Schwestern, neun, acht und sechs Jahre. Die Repressoren überfielen ihre Wohnung und entführten die Eltern. Die Kleinen blieben allein zurück. Bevor die Polizei das Haus verließ, rief einer der Polizisten den Mädchen zu: »Euch lassen wir lebend zurück, damit ihr erzählen könnt, wozu wir fähig sind!« Sicher eine der feigsten Arten, Macht zu beweisen. Patricia gab drei Tage lang ihren Schwestern zu essen, was sie in der Küche fand, voller Angst, die Männer könnten zurückkommen, und voller Schmerz über die Entführung der Eltern. Bis die verzweifelte Großmutter kam.
Das Dämonische und die Kinder. Kinder im Krieg. Die argentinischen Militärs waren zu all diesem von 1976

bis 1983 fähig; die argentinische Gesellschaft auch, obwohl Argentinien, als Staat, die Allgemeine Erklärung der Rechte des Kindes am 20. November 1959 unterschrieben hatte.

WOLFGANG KUNATH

Nach dem Völkermord in Ruanda

Jede Minute ist kostbar«, sagt die 31jährige Frau, die ihren Namen nicht nennen mag. Auf ihrem Rücken hängt ihre Tochter Germaine im Tragetuch, die unbefangen Blickkontakt zu Fremden aufnimmt, die schmunzelt und lacht und sich dann doch lieber hinter dem Rücken der Mutter versteckt, hinter dem sie gleich wieder neugierig hervorschaut. Germaine bleibt genau eine Woche bei ihrer Mutter, von Freitag bis Freitag ist ihr Lebensraum auf einen etwa zwanzig Meter langen, zweieinhalb Meter breiten, von vielleicht sechs Meter hohen Ziegelmauern eingefriedeten Hof beschränkt, in dem ein paar Wäscheleinen hängen und zwei niedrige Bänke stehen und von dem acht rote Stahltüren abgehen: sieben in fensterlose Gemeinschaftszellen, eine in die Freiheit.

Germaine besucht ihre der Mittäterschaft an einem Völkermord beschuldigte Mutter im Zentralgefängnis von Ruandas Hauptstadt Kigali. Was hat die Dreijährige gesehen, was hat sie gehört? Was hat sie erlebt, was hat sie verstanden? Welche Erinnerungen werden schnell verblassen und vergehen, welche werden sie ihr ganzes Leben begleiten, welche werden sie immer wieder heimsuchen? Wird sie Alpträume haben, wird sie schreiend aus dem Schlaf hochschrecken, wenn sie einmal erwachsen ist?

Vielleicht hat die Kleine Glück gehabt. Vielleicht hat sie nichts gesehen, nichts gehört, nichts erlebt, vielleicht ist ihr die Gnade der späten Geburt zugefallen. Aber man muß in Ruanda schon sehr spät geboren sein, um dieser Gnade teilhaftig geworden zu sein. »So etwas ist einzigartig in der Wissenschaftsgeschichte: praktisch ein ganzes Volk traumatisiert«, sagt der amerikanische Psychologe Leslie McTyre, der für UNICEF, das Kinderhilfswerk der Vereinten Nationen, in der ruandischen Hauptstadt arbeitet.

Über die Seelen der Kinder Ruandas verlängern sich die vergangenen Schrecklichkeiten in die Zukunft hinein. Es gibt ein paar Zahlen, die Meßbarkeit des unermeßlichen Grauens vorgeben: Eine halbe Million Kinder sind sehr zurückhaltenden Schätzungen zufolge traumatisiert, 60 bis 90 Prozent aller Kinder haben bei Massakern zugesehen, 52 Prozent haben andere Kinder gesehen, die zum Töten gezwungen wurden, 56 Prozent waren beim Tod eines nahen Angehörigen dabei. Aber was sagen diese Zahlen schon. Man weiß ja nicht einmal, ob während des mörderischen Sommers 1994 in Ruanda

eine halbe oder anderthalb Millionen Menschen gestorben sind.
In einer anderen Abteilung des düsteren Ziegelgebäudes, das 1937 unter belgischer Kolonialherrschaft als Zentralgefängnis erbaut wurde, sitzt Jean Claude, 16 Jahre alt und der Mittäterschaft an Massakern beschuldigt. Er kann nicht lesen und schreiben, hat früher auf einem Tennisplatz als Balljunge gearbeitet und erzählt atemlos eine verworrene Geschichte, die auch durch Nachfragen nicht zu entwirren ist: daß er schon vor dem Krieg in Zaire war, daß die früheren Rebellen und späteren Herrscher Ruandas seine Eltern getötet haben, daß er Kontakt zum Roten Kreuz hatte, daß er Geld besaß und daß auch er getötet werden sollte. Kein Wort von Mitlaufen, Mittun, Mittöten. Seine ganze Schilderung läuft auf den einen Satz hinaus: »Ich bin unschuldig, wie alle Kleinen hier.« Lange nach Kriegsende noch saßen in Ruandas überfüllten Gefängnissen Hunderte von Minderjährigen zwischen elf und 16 Jahren ein, denen vorgeworfen wird, beim Massenmord an Tutsi und gemäßigten Hutu mitgemacht zu haben. Es sind die Kinder-Täter, Hunderte von vermutlich Abertausenden, die mit Hackmessern und Schraubenziehern und Äxten und Speeren und Hämmern über ihre Mitmenschen hergefallen sind. Isoliert von den erwachsenen männlichen Gefangenen, die sich aus Platznot nicht setzen können wie überall in den überfüllten Knästen Ruandas, leben die Minderjährigen in Kigali räumlich nicht ganz so beengt in einer Gemeinschaftszelle: speckiger Beton am Boden, eine rohgezimmerte Folge von Etagen-

betten, an den Wänden Haken mit etwas Kleidung, ein Mobile aus Spielkarten, ein Pappkarton-Häuschen, ein Kalenderblatt mit einem Mädchen, das sich an die Träger seines Oberteils faßt – Teenage-Sex für die Größeren. Kinder-Täter, Kinder-Opfer: Was passiert hier in der Nacht, wenn die Neonröhre unter dem Wellblechdach ausgeschaltet ist? Sind diese Kinder weniger traumatisiert als andere, die nicht getötet, sondern nur zugesehen haben? Unabhängig von dem heiklen juristischen Problem, Minderjährige strafrechtlich zur Verantwortung zu ziehen – Täterschaft und Opferschaft scheinen bei diesen Kindern und Jugendlichen unscheidbar ineinanderzufließen.

»Man sieht es geradezu: wie sie auf irgend etwas, vielleicht auf ein weißes Stück Papier starren, und dann sehen sie alles noch einmal in Farbe und dreidimensional, wie ihre Mutter oder wie ihre Geschwister erschlagen werden, und erst wenn man vor ihren Augen mit den Fingern schnippst und sie anspricht, dann wachen sie auf« – so beschreibt Leslie McTyre das Versinken der traumatisierten Kinder in den Alptraum, der Wirklichkeit ist. Mit den Kindern zu sprechen, sie ein »Tagebuch« führen oder Zeichnungen anfertigen zu lassen, Rollenspiele anzuleiten, das sind die gängigen therapeutischen Verfahren. Die Erfolgsaussichten, darüber machen sich Experten wie McTyre keine Illusionen, sind nicht überwältigend: »Das dauert ein ganzes Leben lang.« Der Amerikaner berichtet von einem Mädchen, das bisher sechs Therapiesitzungen hatte: »Sie war so brutalisiert, jetzt schlägt sie immerhin die anderen Kinder nicht mehr. Ich bezweifle, daß sie jemals wieder ein fröhlicher Mensch wird, aber zumindest funktioniert sie jetzt.«

Nach der Fahrt durch die zerstörten Häuserzeilen im Stadtteil Kacyiru wirkt das Waisenhaus des belgischen Roten Kreuzes wie eine Oase. Eine Schar von Kleinen rennt auf den Direktor und seinen Besucher zu, die Kinder umklammern strahlend die Beine der beiden Erwachsenen und greifen sich die Finger der vier Hände gerade so, als wollten sie unter Beweis stellen, wie unbelastet und glücklich sie sind. Aber Jean-Pol Auverbin erlaubt Journalisten nicht mehr, die Kinder anzusprechen und auszufragen. Die furchtbaren Erfahrungen sollen nicht immer und immer wieder aufgewühlt werden. Weder durch Journalisten noch durch Therapeuten: »Tagsüber zeigt kaum ein Kind irgendwelche Anzeichen von Traumata, aber in der Nacht schreien sie oft in ihren Alpträumen auf. Wir machen hier keine spezielle Therapie; wenn ein Kind nachts ausrastet, dann bekommt es in der Krankenstation ein Beruhigungsmittel.«

Auf dem weitläufigen Gelände leben Kinder, deren Eltern entweder tot oder nicht auffindbar sind – ein winziger Teil jener 114 000 Minderjährigen, die nach dem Krieg summarisch als »unbegleitete Kinder« bezeichnet wurden. 70 000 von ihnen, so schätzte Kigalis UNICEF-Sprecher Damien Personnaz, leben innerhalb Ruandas, die anderen in den großen Flüchtlingslagern in Zaire, Tansania und Burundi. »Jedesmal, wenn ein LKW mit Rückkehrern aus den Lagern hier in Kigali ankommt,

sind ein, zwei Kinder dabei, die zu niemandem gehören«, hat der Unicef-Sprecher in den ersten Monaten nach dem Kriegsende beobachtet. Damit man auseinandergerissene Familien wieder zusammenführen kann, werden die Kinder per Fragebogen registriert (»Zeit und Ort des letzten Elternkontaktes«, »Lebend? – Ja – Nein – Weiß nicht«).
Gibt es einen Zusammenhang zwischen Trauma und Gewaltbereitschaft? Oder, anders gefragt, sind die psychischen Folgelasten des vergangenen Völkermordes der Ausgangspunkt für einen künftigen neuen Völkermord? Wissenschaftliche Studien, so sagt der Psychologe McTyre, gibt es darüber nicht: »Meine These ist: Auch der Täter ist traumatisiert. Solange das Trauma nicht bearbeitet ist, wird es an die Kinder weitergegeben, und so wird der nächsten Mördergeneration das Feld bereitet. Unsere Aufgabe ist es, diesen soziokulturellen Teufelskreis zu durchbrechen.«

DIETER GROSSHERR

Afrika: 15 Millionen Kinder starben durch Kriege

Rund 500 000 Kinder kamen bei Kriegen in Afrika zwischen Oktober 1994 und Oktober 1995 ums Leben. Sie starben, nach Angaben der Vereinten Nationen, durch Kampfhandlungen oder Kriegsfolgen wie Hunger und Seuchen.

Insgesamt forderten Kriege in den letzten dreißig Jahren unter afrikanischen Kindern mehr als 15 Millionen Todesopfer. Die Zahl derjenigen, die schon als Kinder zu Krüppeln wurden, ist noch viel höher. Als Journalist habe ich das Leid dieser Kinder immer wieder aus nächster Nähe erlebt und oft darüber berichtet.

Nie vergessen werde ich die sterbenden Kinder im äthiopischen Flüchtlingslager von Hartisheik im August 1991: Wieder einmal mußten die Menschen in

Äthiopien hungern, sieben Millionen in jenem Jahr. Und wie immer waren die meisten davon Kinder. Wieder war zuwenig Regen gefallen, es hatte Mißernten gegeben, und noch immer herrschte Krieg. Schon seit dreißig Jahren wurde um die Unabhängigkeit der Nordprovinz Eritrea gekämpft, seit über zehn Jahren gegen die Diktatur der Militärherrscher in Addis Abeba.
Auch im Nachbarland Somalia kämpften seit 1988 verfeindete Volksgruppen mit Waffengewalt um die Macht. Das arme Äthiopien, selbst von Hungersnöten und Kriegen heimgesucht, hatte schon über eine Million Flüchtlinge aus Somalia aufgenommen, und täglich wurden es mehr. Am schlimmsten ging es den Kindern, die ihre Eltern in den Kriegswirren verloren hatten und sich allein nach Äthiopien durchzuschlagen versuchten. Viele waren wochenlang zu Fuß unterwegs. Zu essen fanden sie nichts außer Wurzeln, Gräsern und wilden Früchten. Wie viele verhungerten, bevor sie eines der rettenden Lager jenseits der Grenze erreichten – niemand wird es je erfahren.
Hartisheik im Osten von Äthiopien war das größte Flüchtlingslager der Welt. In ihm lebten rund 250 000 Menschen, darunter mehr als 150 000 Kinder, die meisten schon seit Jahren. Jeweils sechs oder acht Flüchtlinge mußten sich eine der notdürftig zusammengeflickten Hütten teilen, die sie aus Ästen, Laub und Pappkartons, zerschlissenen Strohmatten und durchlöcherten Plastiksäcken auf freiem Feld errichtet hatten. Bis an den Horizont erstreckten sich die endlosen Reihen trostloser Unterkünfte. Weit und breit gab es weder Bäume noch

Sträucher. Sie waren längst als Brennmaterial für Kochstellen verwendet worden. Weder vor der sengenden Sonne noch vor der Kälte der Nacht fanden die Menschen Schutz. Viele Kinder starben an Erkältungskrankheiten.

Einmal am Tag erhielt jeder zwei Schöpflöffel Brei. Das Mehl dafür stammte aus Spenden des Auslands. Blieben die Hilfslieferungen aus, was infolge des Krieges oft geschah, aßen die Lagerbewohner Gräser und Wurzeln. Jedes zweite Kind hatte Untergewicht, Tausende verhungerten.

Wenn Journalisten oder Angehörige von Hilfsorganisationen das Lager besuchten, hielten Kinder und Jugendliche in stummer Anklage Pappschilder hoch, auf denen sie in unbeholfener Schrift an den Krieg in Somalia erinnerten und an den Verlust ihrer Heimat. Auf einigen Schildern stand: »Rettet die Kinder!« Rufe in der Wüste ...

Noch heute kennen Millionen von ihnen als Zuhause nur die Flüchtlingslager. In ihnen werden sie geboren, dort wachsen sie auf, ohne Aussicht auf ein Ende ihrer Not.

Das Geld, das ein einziger Kampfpanzer kostet, würde reichen, um 10 000 notleidende Familien mit Saatgut und Vieh auszustatten, so daß sie als Bauern ein neues Leben beginnen könnten, erklärte einer unserer äthiopischen Begleiter. Genügend Land wäre vorhanden, wie überall in Afrika. Was fehlt, ist das Geld. Aber die Militärregierungen in Äthiopien und Somalia gaben Milliardenbeträge für den Kauf von Kriegsmaterial aus, das von Ländern wie Deutschland, den USA, Rußland und Frankreich geliefert wurde. Nun sind die Staatskassen leer, die Kinder müssen weiter hungern und sterben.

Kinder als Soldaten

Zehntausende von Minderjährigen wollten, um dem Teufelskreis von Hunger und Krieg zu entrinnen, lieber auf dem Schlachtfeld sterben: Afrikas Kindersoldaten. Um ihr Leben nicht tatenlos und ohne Hoffnung im Elend verbringen zu müssen, gingen sie in ihrer Verzweiflung freiwillig zur Armee. Viele andere wurden dazu gezwungen.

In der äthiopischen Hauptstadt Addis Abeba lernte ich 1991 Abrama kennen. Er war vierzehn Jahre alt, etwa einen Meter sechzig groß und das älteste von sechs Kindern eines Kleinbauern aus dem Norden Äthiopiens. Abramas schmächtiger Körper steckte in einem olivgrünen, für ihn viel zu großen Kampfanzug, an den Füßen trug er zerschlissene Turnschuhe, über seiner rechten Schulter hing eine schwere Maschinenpistole, die Hand lag am Abzug. Abrama, der Kindersoldat, schob Wache vor dem alten Kaiserpalast im Zentrum von Addis Abeba.

Der Junge gehörte zu einer Einheit der EPRDF, der Revolutionären Demokratischen Volksfront Äthiopiens. Während des Partisanenkrieges gegen die Militärdiktatur hatte er sich, wie Tausende von Kindern in der

Nordprovinz Tigre zwischen 1981 und 1991, und vorher schon in Eritrea, den bewaffneten Aufständischen angeschlossen. Die Jüngsten waren erst zehn Jahre alt.
Nach erbitterten und verlustreichen Kämpfen gegen die Regierungstruppen in den Bergen der Provinzen Tigre und Wollo zog Abrama im Mai 1991 mit seinen Kameraden in Addis Abeba ein. Er saß auf einem Panzer. Die Bevölkerung jubelte.
Am Kaiserpalast, den Abrama nun bewachen hilft, erinnerte ein zerstörter Panzer an das letzte Gefecht mit den Soldaten des Diktators Mengistu. Der hatte sich vorher aus dem Staub gemacht, nach Zimbabwe ins Exil. Die 50 000 Kämpferinnen und Kämpfer der EPRDF mit ihren Kindersoldaten, meist Bauernsöhne aus dem Norden wie Abrama, hatten eine der stärksten Armeen Afrikas besiegt.
In die Freude über das Ende des Krieges, die Trauer über die gefallenen Kameraden und die Hoffnung auf einen dauerhaften Frieden mischte sich Staunen: Kaum eines der Bauernkinder in Uniform, die in Addis Abeba einmarschierten, hatte je zuvor eine so große Stadt gesehen mit so vielen Menschen und ihrem bunten Treiben. Auch die Bewohner der Hauptstadt staunten: Nie zuvor waren sie Soldaten begegnet, die so bescheiden auftraten, fast scheu, und so freundlich wie Abrama und seine Kameraden. Immer wieder dankte es ihnen die Bevölkerung mit kleinen Geschenken, Obst oder Süßigkeiten.
In seiner dienstfreien Zeit diskutierte Abrama gern mit Kameraden oder jungen Leuten aus der Stadt über seine

persönliche Zukunft und die Zukunft des Landes. Der neue Staats- und Regierungschef Meles Zenawi, ein ehemaliger Medizinstudent und Führer der EPRDF, will Äthiopien zu Frieden und Demokratie verhelfen. Dafür hatten sie gekämpft. Nun hatte Abrama nur noch einen Wunsch: zurückzukehren in sein Dorf, zu Eltern und Geschwistern, wieder zur Schule zu gehen und mitzuhelfen beim Aufbau seiner Heimat. Ob seine Seele durch das Kriegshandwerk Schaden genommen hat? Abrama konnte die Frage nicht beantworten.

In Äthiopien und Eritrea ist die Wiedereingliederung der Kindersoldaten ins zivile Leben inzwischen recht gut gelungen, im Gegensatz zu anderen afrikanischen Ländern. Beispiel: Ruanda. In dem kleinen ostafrikanischen Staat gehörten 1994, während des Krieges zwischen den Volksgruppen der Hutu und Tutsi, etwa 9 000 Neun- bis Siebzehnjährige als Soldaten den beiden Bürgerkriegsarmeen an. Seit Kriegsende hält die neue Regierung von Ruanda 850 ehemalige Kindersoldaten der besiegten Hutu in Gefängnissen fest. Ihnen droht eine Anklage wegen Beihilfe zum Völkermord.

Etwa 400 000 Kinder verloren in Ruanda durch den Krieg ihre Eltern. 13 000 fanden in Waisenhäusern Zuflucht, die anderen in Flüchtlingslagern oder bei Nachbarn. Die meisten erlebten so Furchtbares, daß sie monatelang unter schwerem Schock standen und kaum ansprechbar waren. In dem armen Land gibt es nicht genügend medizinische Fachkräfte, die die seelischen Leiden dieser Kinder heilen könnten.

Unter den zwei Millionen Flüchtlingen des Bürgerkriegs in Ruanda, die noch im Nachbarland Zaire ausharren, befinden sich nach Angaben des Kinderhilfswerkes der Vereinten Nationen UNICEF etwa 3 000 ehemalige Kindersoldaten im Alter zwischen sieben und 17 Jahren. Die meisten von ihnen fanden, nachdem sie ihre Eltern verloren hatten, bei der Armee Nahrung und Schutz. In der Umgebung des Lagers Bukavu versuchen geflohene Angehörige der Hutu-Armee Kinder erneut zu rekrutieren und zu bewaffnen.

Erst 2 600 ehemalige Kindersoldaten können in einer früheren Offiziersschule mit Unterstützung der UNICEF auf die Rückkehr ins Zivilleben vorbereitet werden.

Die ersten Kindersoldaten Afrikas wurden in den achtziger Jahren in Mosambik und Uganda rekrutiert. Ende Januar 1986 besetzten Einheiten der NRA, der Nationalen Widerstandsarmee von Uganda, unter Führung des ehemaligen Politologiestudenten Yoweri Museweni die Hauptstadt Kampala. Sechs Jahre zuvor hatte Museweni einen Buschkrieg gegen die Regierungstruppen des 1985 gestürzten Diktators Milton Obote und dessen Nachfolger, General Tito Okello, begonnen. Zahlreiche Lehrer, Schüler und Studenten, Ärzte, Ingenieure und Rechtsanwälte schlossen sich Museweni an.

Von den 20 000 Kämpfern der NRA war fast jeder zweite nicht älter als 16. Sogar Zehn- und Zwölfjährige trugen Waffen und Uniform, manchem reichte das Gewehr fast bis ans Kinn. Oft waren es Waisenkinder, denen die

Armee die Familie ersetzte. Ihre Eltern und Geschwister, Freunde und Nachbarn sind unter den Hunderttausenden von Toten, die den Mordkommandos zum Opfer fielen, mit denen der Gewaltherrscher Obote, wie vor ihm schon Idi Amin, die Bevölkerung terrorisierte. Nach Kriegsende errichteten die Überlebenden aus den Schädelknochen der Ermordeten – Männer, Frauen und Kinder – in zahlreichen Dörfern grausige Mahnmale, Pyramiden des Schreckens.

Mehr als hundert Kindersoldaten verloren bei den Kämpfen um Kampala ihr Leben. Die anderen wurden beim Einmarsch von der Bevölkerung als Befreier begrüßt. Kinder in Uniform steuerten schwere Motorräder und Geländewagen. Sie bewachten Gefangene und öffentliche Gebäude, hielten Kontrollposten besetzt. Oder sie saßen in kleinen Gruppen beisammen und putzten ihre Waffen, wie alte Berufssoldaten. Die Grenze zwischen Abenteuer und blutigem Ernst kannten sie nicht mehr.

Auch die Einwohner Kampalas trauten kaum ihren Augen, als sie es nach all den Jahren der Terrorherrschaft des Militärs auf einmal mit disziplinierten und freundlichen Soldaten zu tun haben sollten, nicht darauf aus, zu rauben, zu vergewaltigen und zu morden, mit Soldaten, von denen viele noch Kinder waren.

Heute sind die Kindersoldaten von damals Erwachsene. Viele blieben bei der Armee, andere kehrten zurück in Schulen und Zivilberufe. Alle sind froh, daß der Krieg endlich vorüber ist.

Angola und Mosambik: Überall lauert der Tod

In einem Dorf in Mosambik, im Südosten Afrikas, erzählte uns ein zwölfjähriges Mädchen, was sie im Krieg erlebte:

»Während wir schliefen, schossen sie. Viele Leute wurden getötet. Ich sah, wie eine Frau starb. Sie war in die Brust geschossen worden. Sie war über und über voll Blut. Eine andere Frau war am Arm getroffen, aber sie konnte entkommen. Alle weinten. Ich hatte schreckliche Angst. Ich lief weg und entkam. Nachts konnte ich nicht schlafen, weil ich immer an diese Frau und das Blut, das aus ihrer Wunde kam, denken mußte. Was ich mir wünsche, ist, zur Schule zu gehen und ein sauberes Heft, einen Bleistift und einen Radiergummi zu haben. Nur das.«

Alle zwei Minuten stirbt im südlichen Afrika ein Kind an den Folgen von Kriegen, hieß es 1990 in einem Bericht des Kinderhilfswerks der Vereinten Nationen UNICEF. Durch die Kriege in Angola und Mosambik kamen seit 1980 etwa 1,3 Millionen Menschen ums Leben, darunter 850 000 Säuglinge und Kleinkinder bis zu sechs Jahren. Die Zahl der getöteten Kinder in diesen beiden Ländern ist höher als die Zahl der Menschen, die im Zweiten Weltkrieg durch Atombomben in Japan ihr Leben verloren.

Der Krieg um Angola war der bisher längste und grausamste in Afrika. Er begann 1961 mit Aufständen gegen die Kolonialherrschaft der Portugiesen und dauerte 33 Jahre. Nach dem Abzug der Portugiesen 1975 und der

Regierungsübernahme durch die sozialistische Volksbefreiungsbewegung MPLA begann die Widerstandsorganisation UNITA, unterstützt von der Regierung der Weißen Südafrikas und den USA, den Kampf gegen die MPLA. Die südafrikanische Armee drang in Angola ein. Auf seiten der MPLA kämpften 2 000 Kubaner.
Mehr als elf Millionen Angolaner und Mosambikaner wurden aus ihren Häusern vertrieben, fast die Hälfte aller Einwohner, meist Frauen und Kinder. 1,5 Millionen leben noch immer in Flüchtlingslagern. Die Soldaten der UNITA brannten zahlreiche Dörfer und Felder nieder und fast jede zweite Schule. Lehrer und Krankenschwestern wurden entführt, zu Krüppeln geschlagen und ermordet. Die UNITA plünderte und zerstörte Krankenhäuser, Kirchen und Stromleitungen. Brunnen wurden vergiftet.
Allein in dem Dorf Camabatela, 250 Kilometer nordöstlich der Hauptstadt Luanda, wurden 1986 bei einem einzigen Überfall der UNITA mehr als 300 Männer, Frauen und Kinder mit Buschmessern und Maschinenpistolen niedergemetzelt.
»Seit fünf Jahren werden wir von der UNITA immer wieder überfallen«, sagte uns eine Bäuerin im Flüchtlingslager Kwaka bei Sumbe im Süden von Angola. »Sie verbrennen unsere Felder, morden und entführen unsere Kinder.«
Oft wurden nach solchen Überfällen die kräftigeren Kinder entführt und zwangsweise zu Kämpfern für die UNITA ausgebildet. Unter den Ausbildern waren Söldner aus Südafrika und Marokko.

30 000 Kinder wurden zu Krüppeln

In der Nähe der Provinzhauptstadt Huambo begegneten wir zwischen Mais- und Sonnenblumenfeldern einem kleinen Jungen, der sich auf Krücken mühsam fortbewegte. Ihm fehlte ein Bein. Schon seit über einer Stunde war er unterwegs. Sein Ziel war ein flaches, graues Gebäude, am Mast davor die Fahne mit dem Roten Kreuz. Der Junge, Domingo, war acht Jahre alt. In dem Haus erwarteten ihn Schicksalsgefährten: Menschen, die ein Bein verloren hatten wie er, manche auch beide, einen oder beide Arme. Viele Kinder waren darunter, auch Frauen und alte Männer. Sie alle waren Opfer von Landminen, dieser heimtückischsten Waffe des Krieges.

»Das Auto, in dem ich mitfuhr, flog durch eine Landmine in die Luft, so verlor ich beide Arme«, erzählte der elfjährige Patricio. »Ich mußte lernen, mit dem Mund zu schreiben, gehe aber jetzt trotz meiner Behinderung in die Schule. Niemand glaubte, daß ich das je schaffen würde. Immer wieder versuchte ich, Prothesen zu bekommen, wenigstens eine. Aber ich hatte bisher noch kein Glück. Ich kann mich aber schon selber anziehen, auch wenn ich keine Knöpfe zumachen kann. Meine Eltern sind tot.«

70 000 Menschen wurden in Angola durch Minen zu Krüppeln. Neun von zehn sind Zivilisten, die Hälfte davon Kinder, über 30 000. Gemessen an der Gesamtbevölkerung hat das Land die höchste Zahl von Arm- und Beinamputierten in der Welt.

In der Krankenstation der Huambo-Provinz können pro Tag nur zwei Patienten Prothesen angepaßt bekommen, schwere Prothesen aus Holz, von Hand gefertigt. Mehr sind nicht zu schaffen. Tausende von Kindern, die durch Minen oder bei bewaffneten Überfällen verletzt worden sind, warten schon lange auf ärztliche Behandlung und Prothesen. Für moderne Kunstglieder aus leichtem Material, die im Ausland gekauft werden müßten, hat das durch den Krieg verarmte Angola kein Geld.

Viermal war die Rotkreuzstation von der UNITA überfallen und in Brand gesetzt worden. Ärzte und Schwestern waren entführt, Medikamente, Verbandstoffe und Prothesen im Wert von mehreren hunderttausend Mark vernichtet worden.

Mühsam mußten Domingo und seine Leidensgefährten mit den ungewohnten Prothesen wieder laufen lernen. Stunde um Stunde drehten sie geduldig ihre Runden. Tapfer unterdrückten sie die Schmerzen von den kaum vernarbten Wunden.

Am späteren Nachmittag besuchte ein Kinderchor die Station. Es waren Kinder, die ihre Eltern durch den Krieg verloren hatten. Die Stimmen der kleinen Sängerinnen und Sänger klangen fröhlich und hell, aber ihre Augen blickten unendlich traurig.

Die Zahl der Kriegswaisen in Angola und Mosambik wird auf mindestens 500 000 geschätzt. Jedes zehnte Kind verlor durch den Krieg seine Eltern. Viele Kinder mußten mit ansehen, wie ihre Angehörigen getötet und ihre Häuser niedergebrannt wurden. Viele wurden

selbst verletzt, andere von Soldaten zum Kriegsdienst gezwungen, um eines Tages selber zu töten.
Nach dem Regierungswechsel in Südafrika und dem Abzug der Kubaner aus Angola, nach 33 Jahren Krieg und 20 Jahren Unabhängigkeit, nach der Zerstörung von Landwirtschaft und Industrie hoffen nun die Menschen, daß der Friedensschluß zwischen der MPLA unter Staatspräsident dos Santos und der UNITA unter Savimbi vom Mai 1995 von Dauer sein wird. Die Folgen des Krieges werden nach Jahrzehnten noch nicht überwunden sein.
Ganze Landstriche sind durch Minen verseucht, die Felder können nicht bestellt werden. Sogar fischen, schwimmen oder Wasser holen kann das Leben kosten, denn auch in Flüssen gibt es Minen. Elf Millionen dieser teuflischen Sprengkörper liegen in Angola noch in der Erde, 37 verschiedene Typen, die meisten aus China und Südafrika – eine Mine pro Einwohner. Erst einige zehntausend wurden bis Mitte 1995 entschärft. Niemand wagt es, die bekannten Wege oder Straßen zu verlassen. Immer wieder rufen Mütter voller Sorge laut nach ihren Kindern, wenn sie sich zu weit von ihnen entfernen. Die Angst vor den Minen ist allgegenwärtig.
Im November 1995 fuhr im Osten Angolas wieder ein Bus auf eine Mine: 55 Menschen starben, mindestens ebenso viele wurden schwer verletzt. Wieder verloren Kinder ihre Arme und Beine, ihre Mütter und Geschwister. Zeitungen in Deutschland berichten über solche Ereignisse meist nur in wenigen Zeilen, versteckt unter »Vermischtes« auf einer der hinteren Seiten.

In mehr als sechzig Ländern der Erde sind heute über hundert Millionen Minen vergraben. Jedes Jahr kommen zwei Millionen dazu. Die billigsten Sprengsätze gibt es schon für fünf Mark. Sie haben die Form von Kugelschreibern: besonders Kinder greifen danach. Alle zwanzig Minuten wird irgendwo auf der Welt ein Mensch von einer Landmine zerrissen, Tag für Tag, 20 000 pro Jahr. 7 000 davon sind Kinder.

Peter Grosz

einer für alle alle für einen

nach Erich Mühsam

fluchen hungern frieren bluten
brennen sengen schießen stechen

stechen fluchen hungern frieren
einer muß für alle bluten

schießen stechen fluchen hungern
einer muß für alle frieren

sengen schießen stechen fluchen
einer muß für alle hungern

brennen sengen schießen stechen
einer muß für alle fluchen

brennen sengen schießen stechen
fluchen hungern frieren bluten

bluten brennen sengen schießen
alle müssen für einen stechen

frieren bluten brennen sengen
alle müssen für einen schießen

hungern frieren bluten brennen
alle müssen für einen sengen

fluchen hungern frieren bluten
alle müssen für einen brennen

fluchen hungern frieren bluten
brennen sengen schießen stechen

Hans-Martin Grosse-Oetringhaus

Verzweiflung gemeinsam überwinden

terre des hommes hilft Kindern im Krieg

Ob »offener« oder »versteckter« Krieg: immer zählen die Kinder zu den Leidtragenden. Sie sind die wehrlosesten Opfer. Krieg hinterläßt zerstörte Familienbindungen. Viele Kinder tragen seelische Schäden davon. Sie leben mit den täglichen Gefahren, den Sorgen und der Hilflosigkeit ihrer Umgebung. Sie verlieren ihre Angehörigen, müssen miterleben, wie ihre Eltern und Geschwister geschlagen, verschleppt oder ermordet werden. Immer häufiger werden Kinder selbst zu Opfern von Menschenrechtsverletzungen: Sie werden »vorsorglich« umgebracht, damit sie nicht eines Tages zurückschlagen können.

In ihrer Charta hat sich die Kinderhilfsorganisation *terre des hommes* zum Ziel gesetzt, »dem Kind als Treuhänder seines Lebens zum Leben und Überleben zu verhelfen«.

Darum will *terre des hommes* nicht stillschweigend zusehen, wie – auch mit Hilfe deutscher Waffen – Unterdrückung und Ausbeutung erzwungen werden, wie Milliardenbeträge für menschenfeindliche Zwecke verschleudert werden, wie die Kriegsgefahr in der Dritten Welt sich dadurch ständig erhöht. Darum weist *terre des hommes* immer wieder auf den Zusammenhang zwischen Kinderelend, Rüstung, Waffenexport und Krieg hin.
Die Projektpartner von *terre des hommes* versuchen, den Kindern zu helfen, im Krieg zu überleben, ihre Verletzungen zu lindern, ihnen ein gesellschaftliches Umfeld zu schaffen und sie in ihren Überlebenstricks zu bestärken.
Zahlreiche solcher Kinder und Jugendlicher habe ich kennengelernt. Sie waren vom Krieg gezeichnet, sie waren seine Opfer. Aber es waren auch viele darunter, die aktiv wurden. Das war das Verbindende. Und gleichzeitig das Mutmachende.

Vietnam

Ich ziehe um. Beim Ausräumen meiner Regale fällt mir ein Ordner mit alten Zeitungsausschnitten in die Hände. Ich überfliege einige der fettgedruckten Überschriften: »Vietnam und der amerikanische Selbstbetrug« (19.6.1971), »Seit Januar 1964 führt Johnson Krieg in Vietnam« (Frankfurter Rundschau 23.6.1971), »Saigon greift nach den Vietcong-Dörfern« (3.2.1973, »Vietnam: Furchtbarer Friede?« (Der Spiegel 22.1.1973), »Heftige Kämpfe in Südvietnam« (Frankfurter Rundschau 9.2.1973). Dann lese ich mich fest und gerate ins Nachdenken über Meldungen, die älter als dreizehn Jahre sind. Mir wird schnell klar, daß diese Nachrichten etwas mit mir zu tun haben. Der Krieg in Vietnam hat mein politisches Denken, als ich jung war, entscheidend mitgeprägt. Damals, als in Vietnam der Krieg tobte, wurde mir zum erstenmal bewußt, daß Krieg nicht etwas »von früher« ist, wovon ich nur durch Erzählungen meiner Eltern etwas wußte. Mir wurde klar, daß Krieg jederzeit sein kann. Jetzt. Heute. Während ich zur Schule ging oder später studierte. Die bohrende Frage, warum das so war, die Suche nach einer Antwort, rüttelte mich wach. Vietnam – das ist auch ein Stück meiner eigenen Geschichte, ohne das ich heute sicherlich ein anderer wäre.

Der Ordner mit den Zeitungsausschnitten landet nicht im Papiercontainer. Sorgfältig packe ich ihn in eine Umzugskiste. Wenige Tage später – die Kisten sind noch nicht wieder ausgepackt – fliege ich nach Vietnam: ein Zufall. Im Auftrag von *terre des hommes* soll ich verschiedene Projekte besuchen, die die Kinderhilfsorganisation dort unterstützt. Vor allem geht es mir darum zu erfahren, wie die Kinder in diesem Land leben. Wird es eine Reise in meine eigene Vergangenheit, überlege ich, während ich im Flugzeug sitze.

In Vietnam höre ich statt dessen oft die Worte »Zukunft« und »Aufbau«. Die Menschen, die ich dort kennenlerne, blicken nach vorn und schöpfen dabei ihre Kraft aus den Erfahrungen der Vergangenheit. »Wir Erwachsenen haben den Krieg miterlebt und wissen, wie schrecklich er ist«, sagt der Kinderbuchautor Thy-Ngoc zu mir. »Darum wollen wir unsere Kinder zum Frieden erziehen. Wir wollen keinen Krieg mehr.«

Denn die Bilanz des Krieges kennt er noch genau: ein bis zwei Millionen Tote, fast eine halbe Million Kriegsverletzte und 800 000 Waisen. Vietnam war von fast 28 Millionen Bomben- und Granatenkratern übersät. Außerdem hatten die Amerikaner unvorstellbare Mengen des hochgiftigen Dioxin versprüht. Unzählige Bombensplitter liegen herum, die die Hufe der Wasserbüffel und die nackten Füße der Kinder, Bäuerinnen und Bauern auf den Reisfeldern aufreißen. Blindgänger, die bei der Berührung mit dem Pflug detonieren, verletzen und töten auch heute noch Menschen. Selbst Kinder, die Jahre nach dem Krieg geboren wurden, sind von ihm gezeichnet. Viele, deren Eltern mit dem hochgiftigen Dioxin in Berührung gekommen sind, kommen verkrüppelt zur Welt. Selbst die Häufung von Krankheiten wie Polio hat mit den Spätfolgen des Krieges und der Zerstörung einer ausreichenden Versorgung zu tun. Die grausame Bilanz des Krieges ist noch längst nicht abgeschlossen und erst recht nicht vergessen.

Phan thi Kim Phuc wird das, was sie im Krieg erleben mußte, nie vergessen können. Wem sagt dieser Name heute noch etwas? Selbst diejenigen, die 1972 bereits Zeitung lasen, werden sich an diesen Namen kaum noch erinnern. Aber das Foto dieses Mädchens ist nur schwer

aus dem Gedächtnis zu streichen: schreiend und brennend, Napalm auf der Haut, läuft es eine Straße entlang. Die Amerikaner wollten »Vietnam in die Steinzeit zurückbomben«. So formulierte es General Curtis Lemay. Sie wollten dieses Volk endgültig in die Knie zwingen und seinen Freiheitswillen brechen. Eines von unzähligen Opfern: Kim Phuc. Sie flüchtete nach einem Napalmangriff. Der klebrige Feuerregen tötete zwei ihrer Vettern und verletzte ihre beiden Brüder. Ihr selbst brannte das Napalm die Kleider vom Leib und fraß sich tief in ihren Rücken, den Nacken und den linken Arm. Das war 1972. Das Foto der schreienden Kim Phuc ging um die Welt. Es klagte an, zeigte die schreckliche Fratze einer Gesellschaft, die sich selbst als zivilisiert empfand. Zwölf Jahre später war Kim Phuc auf Einladung der Zeitschrift »Stern« und von *terre des hommes* in Ludwigshafen zur Behandlung in einer Spezialklinik für Brandopfer. Am Ende ihrer Behandlung, kurz vor der Rückreise, schrieb sie: »Jetzt freue ich mich schon, zu meiner Familie zurückfahren und das Medizinstudium aufnehmen zu können, um eine gute Ärztin zu werden und vielen, vielen Landsleuten zu helfen. Es gibt noch so viele unbekannte Kim Phucs in Vietnam, denen bis jetzt noch niemand helfen kann.«
Kaum eine vietnamesische Familie ist vom Krieg verschont geblieben. In den meisten hat er schmerzhafte Wunden zurückgelassen. Auch in der Familie von Nguyen Van Chi und seiner achtzigjährigen Mutter hat der Krieg bleibende Spuren hinterlassen. Die alte Frau hat während des Krieges ihren Mann und fünf Kinder

verloren. Fünfmal wurde ihr Haus zerstört. Es war 1970, als die US-Bomber Napalm warfen. »Man konnte die Flugzeuge erst kurz vorher hören, vielleicht eine halbe Minute bevor die Bomben fielen«, berichtet Van Chi. »Die Zeit reichte nicht einmal für alle, um in den unterirdischen Bunker zu springen. Diejenigen, die noch im Haus waren, verbrannten, die im Graben erstickten. Mutter konnte in den Teich springen und sich retten. Gemeinsam mit einigen Nachbarn versuchte sie, das brennende Haus mit Erdmatsch zu löschen. Für die Menschen, die drin waren, kam die Hilfe zu spät.«
Nguyen Van Chi zieht die Decke vom Tisch. Genau an meinem Platz ist eine tiefe Kerbe im Holz, eine tägliche Erinnerung an diesen Bombenangriff und den Krieg.
Die Söhne der Frau starben an verschiedenen Fronten. Ihre Grabmäler und das ihres Mannes befinden sich auf einer Betonplatte vor dem Haus. »Sie sollen«, erklärt Van Chi, »die Jungen, die den Krieg nicht selber miterlebt haben, täglich an das Geschehene erinnern.«
Die Häuser und Felder hier waren besonders hart umkämpft, weil sie nahe der Straße nach Ben Tre liegen. Da sie auf einem Damm leicht über die Reisfelder hinausragt, konnte man von dort aus weit blicken. Alles war von Napalm verbrannt. Und auch Dioxin wurde reichlich versprüht. Die ganze Gegend war eine schwarzbraune Wüste. Keine Bäume oder Sträucher hielten das Auge auf. Heute dagegen hat man das Gefühl, in einem Paradies zu sein, das von bunten Blumen, grünen Teichgewächsen und schlanken Kokospalmen geprägt ist. Aber auch diese Idylle erzählt noch vom Krieg. »Keiner

der Bäume ist älter als dreizehn Jahre«, erklärt Van Chi. »Mühevoll mußten wir das zugewachsene Gelände säubern und wieder aufforsten.«
Von 1962 bis 1972 hatten die Amerikaner rund 71 Millionen Liter Pflanzengift über Südvietnam versprüht, davon allein 44 Millionen Liter Agent Orange, das wiederum mindestens 170 Kilogramm Dioxin enthielt. Dadurch sollten die Bäume entlaubt und dem »Vietcong« die Deckung genommen werden. Während der Sprühaktionen färbte sich das Wasser der Flüsse und Bäche gelb. Zwei Stunden später waren alle Blätter von den Bäumen gefallen. Das hochgiftige Dioxin vernichtete aber nicht nur Wälder und Felder, sondern auch Tiere und Menschen. Auch nach Generationen hat das Gift noch verheerende Auswirkungen. In Vietnam stieg die Zahl der mißgebildeten Neugeborenen dramatisch an. Ihre Eltern waren mit Dioxin in Berührung gekommen und dadurch häufig selbst an Krebs erkrankt. Viele ihrer Kinder leiden unter früher unbekannten Mißbildungen und Verstümmelungen. Säuglinge kamen ohne Augen und Nase oder mit schweren Hirnschädigungen zur Welt. Insgesamt wird die Zahl der Vietnamesen, die durch chemische Giftstoffe Schaden erlitten, mit zwei Millionen angegeben. Niemand weiß genau, um wieviel sich diese Zahl in den kommenden Generationen noch erhöhen wird.
Während das Dioxin vom Himmel fiel und Leben auf Generationen hin zerstörte, erzielten jene, die es herstellten, gute Profite, nicht nur in den USA, sondern auch bei uns in der Bundesrepublik. Für die Folgen des

Krieges ist unser Land mitverantwortlich. Schon früh hat sich die Kinderhilfsorganisation *terre des hommes* dieser Verantwortung gestellt. Alles begann im Juni 1967. Auf dem Rollfeld des Frankfurter Flughafens kam eine Sondermaschine der Bundesluftwaffe zum Stehen. 18 schwerverletzte Kinder aus Vietnam trafen ein. Der ferne Krieg in Vietnam war durch diese Kinder plötzlich in greifbare Nähe gerückt. 200 von ihnen wurden während des Krieges von *terre des hommes* aus Vietnam zur medizinischen Behandlung in die Bundesrepublik geflogen. Sie hatten schwere Verbrennungen von Napalmbomben und Verstümmelungen durch Granatsplitter. Ihnen zu helfen bildete den Anfang der Arbeit von *terre des hommes.*

Als der Krieg vorbei war, haben viele Vietnam vergessen. Oder sie zogen sich mit ihrer Unterstützung zurück. *terre des hommes* blieb, um den Menschen zu helfen, mit dem schrecklichen Erbe fertig zu werden, um sie beim Aufbau ihrer Zukunft zu unterstützen. Zum Beispiel die Menschen von Hoi Nghia in der Provinz Song Bé. Die Folgen des Krieges sind diesen Menschen auch heute noch tagtäglich gegenwärtig. Früher war das Land hier sehr fruchtbar. Damit war es vorbei, als die US-Bomber es mit Agent Orange besprühten und Wälder und Äcker vermint wurden. Ein Großteil der ländlichen Bevölkerung wurde während des Krieges nach Saigon zwangsumgesiedelt. Als diese Menschen ab 1976 nach Song Bé zurückkehrten, fanden sie nur verwüstetes, verseuchtes und zum Teil noch verymintes Land vor. Die Menschen mußten und müssen immer noch hart arbeiten, um das

Land wieder bebaubar zu machen. Die Programme zur ländlichen Entwicklung sollen sie dabei unterstützen. Die Menschen blicken nach vorn. Die meisten Vietnamesen, denen ich begegne, denken nicht in erster Linie an die Vergangenheit und den Krieg, sondern an die Zukunft. »Die Kinder sollen lernen und die Zukunft für unser Land aufbauen«, sagte mir der Kinderbuchautor Thy Ngoc am Tag vor meinem Abflug. »Ich hoffe, daß unsere Kinder alle Kinder dieser Erde zu Freunden gewinnen.«

Philippinen

Der Militärbericht ist kurz und knapp. Bei einem Überraschungsangriff der 5. Infanteriedivision unter der Leitung von Brigadegeneral Manuel C. Ribon wurden am 25. April 1986 in Sitio Bundukbundukan bei Capas in der Provinz Tarlac sieben Rebellen getötet. Hinter dieser sachlich klingenden Meldung verbirgt sich aber ein Überfall philippinischer Soldaten, bei dem neun Menschen getötet und fünf verletzt wurden.
Sitio Bundukbundukan ist ein hübsches Dorf mit gepflegten Häusern, eingebettet in grüne Reisfelder, die bis zum Rand der blauen Gebirgskette reichen, die sich am Horizont hinzieht. Die Idylle macht es schwer, sich vorzustellen, daß Soldaten das Dorf überfallen, die Wände der Häuser durchschossen und neun Menschen umgebracht haben. Aber die Löcher in den geflochtenen

Wänden und in den Böden der Häuser sind die stummen Zeugen. Die einzige Augenzeugin, die den Überfall der Soldaten überlebte und mehr davon berichten kann, ist Merlie Fonda, ein achtjähriges Mädchen.
Am Abend hatte ihre Mutter sie zum Laden geschickt, um Kerosin zu kaufen. Plötzlich kamen zehn Männer um die Wegbiegung. Sie erkannte sofort, daß die Männer Uniformen trugen. Zwei von ihnen hatten sogar schwarze Masken vor die Gesichter gebunden. Die Soldaten hielten ihre Gewehre im Anschlag. Merlie bekam Angst. Erst blieb sie wie erstarrt stehen. Doch dann rannte sie los. Ganz in der Nähe lag das Haus ihrer Cousine Nida. Merlie hatte den Kanister Kerosin fallen lassen und stürzte die Stufen zur Veranda hoch. Nida und ihre Schwester Ester, ihre Kinder Jenny und Ann und ihr Vater saßen auf der Veranda. Merlie hielt keuchend an. Sie zitterte am ganzen Körper. Da fielen Schüsse, Schüsse, die Merlie nie vergessen können wird.
Auch die siebenjährige Schülerin Gina Fanta wurde Opfer eines bewaffneten Angriffs von Regierungstruppen, bei dem sie Schußverletzungen an beiden Beinen erlitt. Der Vorfall ereignete sich am 15. November 1988 in der Togonan Primary School in Barangay Mabini nahe der Stadt Surigao auf der Insel Mindanao.
Es war ein Tag wie jeder andere. Gina und ihre Klassenkameradinnen folgten dem Unterricht, als die Lehrerin für einen Augenblick den Klassenraum verlassen mußte. Plötzlich hörten die Kinder den Knall einer Explosion. Sie rannten in den benachbarten Klassenraum, um eine andere Lehrerin zu fragen, was sie tun sollten.

Etwa siebzig Kinder waren in diesem Raum versammelt, als draußen eine Schießerei begann. Alle warfen sich sofort auf den Boden. Gina fand jedoch nicht genügend Platz und hockte zusammengekauert an der Wand, als Kugeln ihr rechtes Bein trafen und auch das linke durchschlugen. Eine weitere Schülerin wurde am Arm getroffen.
Eine Einheit der philippinischen Armee hatte gegen vierzehn Uhr das Feuer auf die Schule eröffnet. Die Soldaten verfolgten angeblich Rebellen, die sich in der Nähe eines Flusses, etwa fünfzig Meter von der Schule entfernt, versteckt haben sollten. Tessi Fanta, Ginas Mutter, rannte gleich zur Schule, nachdem sie gehört hatte, was geschehen war. Mit Hilfe von Ginas Großvater brachte sie das Mädchen in das nächste Krankenhaus. Als Gina dort endlich ankam, hatte sie bereits viel Blut verloren und schwebte in Lebensgefahr.
Von dort wurde Gina mit Unterstützung örtlicher Menschenrechtsorganisationen nach Manila gebracht, weil das Krankenhaus die komplizierte Operation nicht vornehmen konnte. Das Rehabilitationszentrum für Kinder vermittelte sie an ein Hospital, in dem sie schließlich operiert wurde. Gina hatte Glück, einige Monate später schaffte sie es, wieder zu laufen. Die seelischen Wunden aber werden viel langsamer verheilen. Und deren Narben wird sie ihr Leben lang behalten.
Der dreizehnjährige Simeon Dantos hat nur ein Bein. Das andere mußte ihm amputiert werden, nachdem Soldaten es mit zwei Kugeln durchschossen hatten. Um den Krankenhausaufenthalt des Sohnes bezahlen zu

können, mußten seine Eltern ihr Reisfeld verkaufen. Ein paar Jahre später traf die Familie ein weiterer Schlag. Simeons Bruder Jun wurde von Soldaten ergriffen, öffentlich gefoltert und dann erschossen. Über seine Erlebnisse konnte Simeon kaum sprechen, bis er zum Children's Rehabilitation Center (CRC) kam. Dieses Rehabilitationszentrum für Kinder kümmert sich um die jungen Opfer des Bürgerkrieges auf den Philippinen, um Liwanac, Allee, Merlie, Gina, Simeon und viele andere.

Ihre Schicksale sind nur einige von unzähligen anderen. Immer wieder wurden und werden Kinder Opfer von Massakern durch die Armee und paramilitärische Gruppen. Sie leiden unter der Gefangenschaft ihrer Eltern oder müssen selbst in Gefängnissen leben.

Angst soll die Menschen davon abhalten, sich für ihre Rechte einzusetzen. Darum verbreitet das Militär Terror. Dabei schreckt es auch nicht vor Gewalt gegen Kinder zurück. Oder sollen vielleicht gerade die Kinder getroffen werden? Wenn es um sie geht, lassen sich dann Eltern nicht am leichtesten zum Schweigen bringen? So werden Kinder sogar zu direkten Zielen staatlichen Terrors. Keine Grausamkeit, die nicht auch an Kindern verübt wird: Vergewaltigung, Folter, Gefangennahme, Verstümmelung und Verletzung bei Schießereien oder gar Ermordung. Vor allem, wenn sie verdächtigt werden, etwas zu wissen. Auf den Philippinen gerieten während der vergangenen Jahrzehnte mehrere tausend Kinder zwischen die Fronten der Gewalt. Oft müssen sie fliehen, werden aus ihren Familien,

ihrer Heimat und ihren Schulen herausgerissen. Ihre Eltern verlieren ihre Arbeit und damit ihre Lebensgrundlage.
Diese Kinder leiden oft unter starken Alpträumen. Manchmal träumen sie, daß sie von Soldaten verfolgt würden und um ihr Leben rennen müßten. Hinter solchen Träumen stecken Angst, tiefe Verzweiflung und Unsicherheit. Der Krieg in diesem Land dringt tief in das Innerste der Menschen ein. Die Opfer behalten meist tiefe psychische Wunden. Mütter berichten von Alpträumen ihrer Kinder. Von schreiend aufwachenden Kindern. Von Problemen mit dem Essen, mit dem Schlafen. Sie berichten von emotionalen Störungen im Umgang mit den Menschen in ihrer Umgebung. Oder es gibt Probleme mit der Sprache. Kinder mit fünf oder auch mit sieben Jahren können kein einziges Wort sprechen. Vor allem verschließen sich Kinder, die gefoltert und vergewaltigt wurden. Sie schaffen es oft nicht, über ihre Erfahrungen zu sprechen. Diese haben sich tief in ihr Innerstes eingegraben. Geborgenheit und Sicherheit kennen sie kaum. Um solche Kinder kummert sich das Rehabilitationszentrum. Und es macht auf Menschenrechtsverletzungen aufmerksam.
Das Zentrum konnte 1985 – unterstützt von *terre des hommes* – seine Arbeit aufnehmen. Seitdem kümmert es sich um die Kinder, die Opfer des Krieges wurden, führt Einzeltherapien und Hausbesuche bei den betroffenen Familien, Therapie- und Spielprogramme für Kinder und Fortbildungen für die Eltern durch. Durch sie sollen Eltern befähigt werden, selbst besser auf ihre Kinder

eingehen und sie auf ihre besonderen Probleme einstellen zu können. Und diese sind gewaltig.

Die Kinder, die von einer Minute auf die andere des Schutzes und der Sicherheit in der Familie beraubt wurden, haben meist Gefühle von Angst, Hoffnungslosigkeit, Verletzlichkeit und Unsicherheit. Dies alles können die Kinder letztlich nur gemeinsam überwinden, indem sie zusammenleben, ihre Erfahrungen austauschen, Gemeinsamkeiten erkennen. Kinder helfen sich gegenseitig aus der Verzweiflung heraus. Es liegt ein Stück Hoffnung in diesen Kindern und in der Arbeit des Zentrums.

terre des hommes
Für eine Erde der Menschlichkeit

Kinder und Krieg war das erste und bleibt ein ständiges Thema von *terre des hommes.* Es wurde und wird versucht, Kriegsopfern zu helfen und über langfristige Projekte die Elends-, und Gewaltstrukturen zu brechen. Es wurde und wird versucht, hier bei uns die Öffentlichkeit gegen Waffenexporte und gegen eine Politik weiterer Verarmung der Dritten Welt aufzubringen ...
terre des hommes will Partei für die Kinder nehmen. Das ist weit mehr als Neutralität, aber auch nicht einfach Parteinahme für die Schwachen. Denn Kinder sollen als Opfer zu Handelnden werden, als Handelnde sind sie aber zugleich auch Opfer. Sie leben mit den täglichen Gefahren, den Sorgen und der Hilflosigkeit ihrer Umgebung. Sie verlieren ihre Angehörigen, müssen miterleben, wie ihre Eltern oder Geschwister geschlagen, verschleppt, ermordet werden. Sie werden vorsorglich umgebracht, um nicht eines Tages zurückschlagen zu können. Sie werden seelisch gebrandmarkt.
Die Projektpartner von *terre des hommes* versuchen den Kindern zu helfen, im Krieg zu überleben, das heißt gegen den Krieg, gegen das System der Gewalt zu leben. Sie versuchen ihre Verlet-

zungen zu lindern, ihnen ein soziales Umfeld zu schaffen, sie in ihren Überlebenstricks zu bestärken.

terres des hommes 1/1988

Julia Koch

Schüler helfen leben

Für ein Kind im Krieg werden Dinge normal, die für uns hier in Deutschland unvorstellbar sind. Unsere Phantasie reicht nicht aus, um uns vorzustellen, wie es ist, wenn wir unsere Eltern verlieren, weil sie im Krieg kämpfen müssen.
Oder wenn wir selber anschließend vor dem Krieg flüchten müssen und dabei unser Zuhause und alle unsere Freunde verlassen müssen. Kinder im Krieg haben keine Zeit, Kind zu sein. Sie haben keine Zeit mehr zum Spielen, sie dürfen nicht mehr in die Schule gehen, und sie haben oft niemanden mehr, der sie ab und zu in die Arme nimmt und dafür sorgt, daß sie jeden Tag genug zu essen bekommen. Statt dessen müssen Kinder im Krieg viele Dinge tun, die eigentlich Aufgabe der Erwachsenen sind: Sie müssen Geld verdienen, sich selbst um ihr tägliches Essen kümmern, und manchmal

müssen sie sich auch um ihre noch kleineren Geschwister kümmern.
Ganz in unserer Nähe, mitten in Europa, gibt es ein Land, in dem Kinder den Krieg miterleben mußten: das ehemalige Jugoslawien. Mit dem Auto oder dem Zug ist man von München aus nur einen Tag unterwegs bis nach Mostar, einer der am stärksten vom Krieg betroffenen Städte in Exjugoslawien. Dort leben Kinder und Jugendliche, die nicht aus dem Fernsehen oder aus anderen Medien etwas über den Krieg, die Zerstörungen und die Menschenvertreibungen erfahren haben, sondern die all dieses selber miterleben mußten. Viele dieser Kinder aus Mostar haben ihre Eltern durch den Krieg verloren, viele mußten ihre Häuser verlassen, und es gab niemanden mehr, der sich um sie gekümmert und auf sie aufgepaßt hat.
Viele dieser Kinder lebten auf der Straße oder in Flüchtlingslagern. In Flüchtlingslagern müssen fremde Menschen zusammen wohnen, die wegen des Krieges ihre eigenen Häuser verlassen mußten. In diesen Flüchtlingslagern hatten die Kinder zwar ein Dach über dem Kopf, und sie bekamen genug zu essen, aber auch dort gab es niemanden, der sich richtig um sie kümmerte. Sie hatten kein Spielzeug mehr, und sie konnten nicht in den Kindergarten oder in die Schule gehen. Die meisten Kindergärten und Schulen waren im Krieg zerstört worden.

Kannst du dir vorstellen, wie du dich in einer solchen Situation fühlen würdest? Ich kann es nicht. Ich weiß

nicht, was ich im Krieg fühlen oder woran ich denken würde. Aber fast jeden Tag kann ich Bilder von Kindern, die zu Opfern eines Krieges geworden sind, in den Nachrichten sehen. Manchmal Bilder von ganz kleinen Kindern, die auf der Flucht vor dem Krieg von ihren Müttern getragen werden, und manchmal Bilder von älteren Kindern, die mit zwölf oder dreizehn Jahren selber schon als Soldaten kämpfen müssen.
Irgendwann, als ich wieder einmal so vor dem Fernseher saß, kam mir der Gedanke, daß ich diesen Kindern helfen müßte. Bestimmt gibt es andere Jugendliche, denen es ganz genauso geht wie mir und die auch etwas dagegen tun wollen, daß so viele Kinder unter dem Krieg und seinen Folgen leiden müssen, dachte ich. Und tatsächlich: So wie ich wußten noch viel mehr Jugendliche aus Zeitungen und aus dem Fernsehen etwas über den Krieg im ehemaligen Jugoslawien und wollten den Kindern dort helfen. Das war der Anfang von *Schüler helfen leben.*

In Bad Kreuznach, einer kleinen Stadt in Rheinland-Pfalz, taten sich 1992 zum erstenmal Jugendliche zusammen, um den Kindern im Krieg im ehemaligen Jugoslawien zu helfen. Sie begannen, Spielzeug, Medikamente und Lebensmittel zu sammeln und alle diese Dinge in Flüchtlingslager in Exjugoslawien transportieren zu lassen. Damit sie sicher sein konnten, daß die Hilfsgüter, die sie gesammelt hatten, auch wirklich bei den Kindern ankamen, sind einige ältere Schüler mit dem LKW, der die Lieferungen ins ehemalige Jugoslawien brachte, mitgefahren. Dort in den Flüchtlingslagern haben sie die Sachen dann selbst verteilt. Als sie wiederkamen und in Deutschland anderen Schülern von der Hilfsaktion erzählten, fanden viele die Idee so gut, daß sie es an ihren Schulen nachmachten und auch anfingen zu sammeln. So fuhren 1992 und 1993 immer mehr LKWs mit Hilfslieferungen ins ehemalige Jugoslawien, und immer fuhren Schüler mit und verteilten die Sachen selbst an die Kinder in den Flüchtlingslagern. Dabei machten sie viele Beobachtungen und Erfahrungen und lernten Dinge kennen, die ganz unterschiedlich waren von unserem normalen Leben hier in Deutschland. Zum Beispiel erzählten ihnen die Kinder aus den Flüchtlingslagern, daß sie nicht unter Hunger oder Kälte am meisten litten, sondern unter Langeweile. Auch wenn wir es uns hier in Deutschland nur schwer vorstellen können (wer von uns geht schon immer gern zur Schule?): Der größte Wunsch vieler Kinder war es, wieder in die Schule gehen zu dürfen. Die meisten von ihnen konnten schon seit vier Jahren, damals hatte der Krieg begonnen, nicht mehr zur Schule gehen. Dabei wäre der tägliche Schulbesuch eine Möglichkeit für sie, mit anderen Kindern zusammen etwas zu lernen, zu spielen oder miteinander über die Dinge, die sie im Krieg miterleben mußten, zu sprechen. Außerdem wissen besonders die älteren Schüler, daß die Schule für sie auch für die Zeit nach dem Krieg sehr wichtig ist. Denn ohne lesen und schreiben und rechnen (und all die anderen Dinge, die man in der Schule lernt) können sie später keinen Beruf erlernen. Gerade nach einem Krieg

braucht ein Land viele gutausgebildete Menschen, die gemeinsam mit dem Wiederaufbau des Landes beginnen.
Als die deutschen Schüler sahen, wie gern die Kinder aus den Flüchtlingslagern wieder in die Schule gehen würden, hatten sie den Einfall, Geld zu sammeln, um damit Schulen und Kindergärten im ehemaligen Jugoslawien wiederaufzubauen. Über die Schülervertretungen forderten sie alle Schülerinnen und Schüler in Deutschland auf, eine Deutsche Mark von ihrem Taschengeld für ihre Idee, die sie *Schüler helfen leben* nannten, zu spenden. Damals waren so viele Schüler von der Idee, daß Schüler aus Deutschland Schülern im Krieg helfen wollten, begeistert, daß sie nicht nur selber einen Teil ihres Taschengeldes spendeten, sondern darüber hinaus Schulfeste, Bazare, Konzerte und viele andere Aktionen planten, um dort für *Schüler helfen leben* Geld zu erhalten. Auf diesem Weg sammelten Schüler aus ganz Deutschland in kurzer Zeit beinahe drei Millionen (!) Mark. Als die Organisatoren von *Schüler helfen leben*, die ja alle selber noch zur Schule gingen, über soviel Geld verfügten, stellte sich ihnen die Frage, wie sie es am besten schaffen würden, mit dem Geld verantwortungsvoll umzugehen. Schließlich kann man, wenn man in Deutschland zur Schule geht, nicht wissen, wo im ehemaligen Jugoslawien am dringendsten Schulen und Kindergärten wiederaufgebaut werden müssen. Oder womit man bei einem Wiederaufbau überhaupt anfängt und worauf man dabei achten muß. Deshalb entschlossen sich einige Schüler, die gerade ihr Abitur gemacht

hatten (die also eigentlich gar keine Schüler mehr waren), nach dem Abitur für ein halbes Jahr nach Exjugoslawien zu ziehen, um dort vor Ort mit dem Wiederaufbau zu beginnen. Sie gründeten ein *Schüler helfen leben*-Büro in Zagreb, der Hauptstadt Kroatiens, und begannen mit der Arbeit. Dabei fingen sie mit kleinen Projekten an und bekamen viel Hilfe von erfahrenen Erwachsenen, die schon länger dort arbeiteten. Mit der Zeit sammelten sie Erfahrungen und lernten eine Menge Dinge, die für diese Arbeit nötig sind. Und so begannen sie mit immer neuen und immer größeren Projekten. Im Laufe der Zeit fanden sich auch noch andere Schüler, die bereit waren, nach der Schule für ein halbes oder ein ganzes Jahr für *Schüler helfen leben* zu arbeiten. Und die Schüler in Deutschland sammelten mit immer neuen Aktionen immer mehr Geld für ihre Altersgenossen im ehemaligen Jugoslawien. Seit 1994 hat *Schüler helfen leben* deshalb drei Büros in Exjugoslawien (in Zagreb, Sarajevo und Mostar) und eines in Deutschland, in denen ehemalige Schüler die Arbeit von *Schüler helfen leben* organisieren. Das Büro in Deutschland ist in Mainz, und es ist hauptsächlich dazu gedacht, als Ansprechpartner für alle Schüler zu dienen, die schon bei *Schüler helfen leben* mitarbeiten oder damit anfangen wollen.

Von den Büros in Sarajevo, Zagreb und Mostar aus werden die Wiederaufbauprojekte im ehemaligen Jugoslawien organisiert. Damit ihr euch etwas besser vorstellen könnt, wie das funktioniert, will ich es am Beispiel von Sarajevo ein wenig genauer beschreiben:

Anfang 1994 fuhr Constantin, der bis dahin in Bonn zur

Berufsschule gegangen war, zum erstenmal nach Sarajevo. In Sarajevo, das sehr schwer vom Krieg zerstört worden war, wurde damals noch immer gekämpft. Zusammen mit sechs Jugendlichen aus Sarajevo begann Constantin, in ganz normalen Wohnungen kleine Kindergärten einzurichten. Dazu gehörte die Reparatur von Wänden, Fenstern und Böden sowie die Reparatur der Stromleitungen. Außerdem wurden die Wände dieser *Schüler helfen leben*-Kindergärten mit großen, bunten Comicfiguren bemalt.
In diese Kindergärten gingen Kinder, die während des Krieges lange Zeit überhaupt keinen Kindergarten besuchen konnten und keinen anderen Platz zum Spielen hatten. Im Garten oder auf der Straße zu spielen ist im Krieg viel zu gefährlich. Nach einiger Zeit fing Constantin dann damit an, große Kindergärten, die vor dem Krieg schon Kindergärten gewesen und während des Krieges zerstört worden waren, wiederaufzubauen. Dabei halfen ihm natürlich Handwerker aus der Stadt. Heute können durch die Hilfe von *Schüler helfen leben* allein in Sarajevo fast 500 Kinder wieder in Kindergärten gehen, in denen sie miteinander spielen und lernen.

So wie diesen Kindern will *Schüler helfen leben* noch vielen Kindern helfen, die unter einem Krieg leiden müssen, den sie nicht gewollt haben. Wenn die Kinder in Sarajevo merken, daß Schüler aus anderen Ländern an sie denken, ihnen Briefe schreiben und einen Teil ihres Taschengeldes dafür spenden, daß sie wieder in die Schule gehen können, gewinnen sie neue Hoffnung auf ein besseres Leben nach dem Krieg. Und das ist das Wichtigste, was wir für Kinder im Krieg tun können: ihnen das Gefühl geben, daß sie nicht allein gelassen werden, sondern daß andere Menschen an sie denken und ihnen helfen wollen.

Christian Salazar-Volkmann

Ruandas verlassene Kinder

Ein Erlebnisbericht aus den UNICEF-Lagern für verlassene Kinder in Goma

7.30 Uhr. Wir bereiten die tägliche LKW-Fahrt vor. Christian Clarke, von UNICEF-Somalia für den Einsatz in Goma abgestellt, nimmt einige Packungen proteinhaltige Kekse, Wasser und orales Rehydratationssalz zur Durchfallbehandlung mit. Dann steigen wir auf den Viertonner. Die Ladefläche ist noch vom Vortag mit Exkrementen und Blut verschmutzt. Christian Clarke erzählt, daß er eigentlich für Information und Pressearbeit zuständig sei. Doch nachdem eines Nachts rund 400 Kleinkinder vor dem UNICEF-Office in Goma »abgelegt« worden waren, hat Einsatzleiter Pascale seinen Auftrag geändert: »Vergiß die Presse – du kümmerst dich ab sofort um die verlassenen Kinder.« Seit drei Monaten fährt er nun jeden Morgen mit dem LKW los und sammelt verlassene Kinder ein. Und plötzlich steht

er auf und umarmt mich. »Ich hab das jetzt gebraucht«, sagt er.
Dann geht es los. Wir fahren verschiedene Choleralager an. Die Lager sind mit giftgrünen Plastikplanen eingezäunt und stehen im offenen Feld. Dort übergeben uns Helfer kleine Gruppen ausgemergelter Kinder. Manche Kinder haben ihre Eltern im Lager sterben sehen. Andere Kinder wurden auf der Flucht von mitleidigen Flüchtlingen aufgegriffen, die nun nicht mehr weiter können und die Kinder abgeben müssen. Christian Clarke nimmt einen nackten Jungen von etwa fünf oder sechs Jahren auf den Arm. Der Junge ist sichtbar unterernährt und völlig apathisch. Wir bringen den Jungen zum Lastwagen. Ich hebe ihn auf den LKW. Einen kurzen Moment lang spüre ich den warmen Körper des Jungen. Als ich ihn auf der Pritsche absetzen will, klammert er sich kurz an mich. Der Helfer auf der Pritsche reißt den Jungen los. Das passiert später noch einige Male. Mir schnürt es das Herz zusammen. Mein eigener Sohn ist sechs Jahre alt, mein zweiter gerade ein halbes Jahr. Immerzu muß ich an meine eigenen Kinder denken, und die Beklemmung im Brustkorb wächst und wächst. Bald brauche ich eine Pause. Ich bin nicht mehr in der Lage, die Kinder auf den Wagen zu heben.
Die Kinder setzen sich auf die Holzbänke. Sie schweigen. Keines lacht oder weint. Sie warten. Ich verteile proteinhaltige Kekse. Ruhig nehmen die Kinder die Kekse in die Hand. Keines streitet – die hungrigen Kinder teilen die Kekse sogar miteinander. Ihre Gesichter

bleiben dabei ernst. Danach gibt es frisches Wasser – mit oralem Rehydratationssalz versetzt. Das löscht den Durst und führt den vom Durchfall entkräfteten Kindern Mineralien und Spurenelemente zu.
Wir fahren mehrere Stunden und halten an verschiedenen Straßenecken. Die Haltepunkte sind den Flüchtlingen bekannt. Christian Clarke berichtet, daß er noch vor wenigen Wochen ein- bis zweihundert Kinder pro Tag eingesammelt hat. Wahrscheinlich sind nur wenige Waisen darunter. Viele Kinder werden von ihren völlig erschöpften Eltern abgegeben. Ihre Überlebenschance ist in den UNICEF-Lagern höher. »Was es für eine afrikanische Familie heißt, ihre Kinder aufzugeben, können wir gar nicht ermessen«, meint Clarke. Außerdem würden die verlassenen Kinder immer jünger. Ein Grund dafür ist, daß in Goma jeden Monat etwa 3 000 Kinder geboren werden und die geschwächten Mütter häufig nicht dazu in der Lage sind, ihre Säuglinge selbst durchzubringen. Was machen Frauen durch, die hoch schwanger fliehen müssen und in den Lagern ein Kind zur Welt bringen?
Am frühen Nachmittag beginnen wir die Kinder unterzubringen. Sie werden vom Wagen heruntergehoben und vom Lagerpersonal in Empfang genommen. Ich muß daran denken, was diese Jungen und Mädchen durchmachten. Viele haben Massaker mit angesehen, sich tagelang in Todesangst in ihren Hütten versteckt, sind dann aus ihrer gewohnten Umgebung gerissen worden und mit fremden Menschen wochenlang im Flüchtlingsstrom getrieben. Kein Wunder, daß manche

Kinder die Sprache verloren haben. Was mag in den Kindern vor sich gehen?
Nach und nach leert sich der Lastwagen. Zurück bleiben schwerkranke Kinder. Sie liegen auf dem Boden, nur notdürftig in alte Decken eingehüllt. Einige stöhnen jedesmal, wenn der Laster auf dem unwegsamen Gelände wieder einmal springt und ruckt. Seit mehreren Stunden versuchen wir, eine Unterkunft für diese Kinder zu finden. In normalen Kinderlagern werden sie wegen der Seuchengefahr nicht aufgenommen. Und viele Krankenlager sind überbelegt. Schließlich erfahren wir über Funk von einem Choleralager, das noch Plätze frei hat, und bringen die Kinder dorthin. Das medizinische Personal in den Krankenlagern arbeitet an der Leistungsgrenze – menschliche Zuwendung für die kranken und verlassenen Kinder beschränkt sich auf ein Minimum. Ich darf gar nicht daran denken, wie sich »unsere« Kinder auf den Pritschen dieses Krankenhauses fühlen. Dabei hatten sie Glück, daß wir so rasch einen Platz für sie bekommen haben.

Ndosho: das größte Kindernotlager der Welt

Am nächsten Tag bleibe ich in Ndosho, dem größten UNICEF-Lager für verlassene Kinder. Hier werden über 2 500 elternlose Kinder versorgt. Das Lager besteht vor allem aus weißen Zelten, die zu kleineren Zeltgruppen zusammengefaßt sind, und einigen Holzhütten. Ich ar-

beite zusammen mit drei weiteren Kollegen aus Somalia in einer der Zeltgruppen. Im Hauptzelt schlafen etwa 30 bis 40 Kinder.
Kurz nach Sonnenaufgang gehen wir zum großen Schlafzelt. Die Kinder sind bereits überwiegend wach – doch kaum ein Laut dringt aus dem Zelt. Wir öffnen die Zeltplane und holen die Kinder heraus. Der Zeltboden ist mit Kot und Erbrochenem bedeckt. Der Gestank ist kaum zu ertragen. Die Kinder werden ausgezogen und stellen sich zum Duschen an. Währenddessen wird das Zelt gereinigt. Der Zeltboden und die abwaschbaren Gummimatratzen werden sorgfältig abgeschrubbt – das Dreckwasser dann auf den Vulkanboden vor dem Zelt gespült.
Die Duschen bestehen aus zwei Ölfässern, die oben ausgesägt sind und vorn Zapfhähne haben. Ein Kind nach dem anderen wird mit kaltem Wasser abgewaschen. Lautes Weinen und Schreien! Kein Wunder, denn die Nächte in Goma sind sehr frisch, die Kinder frösteln, sind hungrig, und das Wasser ist eiskalt. Doch die Kinder wissen: ohne Dusche kein Frühstück. Schließlich ist Hygiene das wichtigste Instrument im Kampf gegen Cholera, Ruhr und andere Seuchen. Dennoch versuchen manche Kinder sich an den Duschen vorbei ins Essenszelt zu schleichen. Ihr dreckiger Po und ihr Geruch verraten sie jedoch, und die Küchenhelfer tragen die kleinen Schlaumeier unter Protestgeschrei wieder in die Duschschlange. Solche »Aktionen« sorgen regelmäßig für Heiterkeit unter den Betreuern. Und für Erleichterung: denn offenbar sind einige Kin-

der schon kräftig genug, um ihre Bedürfnisse durchzusetzen.
Ich streichle einem wartenden Kind über den Kopf. Da beginnt es zu weinen. Ein Helfer sagt, es rufe nach seiner Mutter. Fast im selben Augenblick weint ein weiteres Kind. Und dann noch eins. Schließlich weinen etwa zehn Kinder vor sich hin. Danach traue ich mich kaum noch, die Kinder zu streicheln. Aus Angst vor ihrem Schluchzen.
Die tropfnassen Kinder werden ins Essenszelt getragen. Ich trage ein federleichtes, fröstelndes Mädchen so rasch wie möglich zum Abtrocknen. Erst jetzt fällt mir auf, daß es kaum einen Flecken am Boden gibt, der nicht mit Durchfallresten, blutigem oder eingetrocknetem Kot bedeckt ist. Anfangs versuche ich noch, möglichst nicht in die Häufchen zu treten. Doch das gerät zum Balanceakt, und bald gebe ich auf. Das Mädchen rubble ich zunächst mit einem Handtuch trocken. Dann wühle ich in einem alten Pappkarton nach Anziehsachen und versuche möglichst, etwas Passendes zu finden. Das ist nicht einfach, zumal ich das frierende Kind nicht lange warten lassen will.
Während ich Kinder abtrockne und anziehe, ringe ich immer wieder um Fassung. Riesige Bauchnarben, fehlende Ohren oder Nasen deuten auf brutale Verbrechen an einigen Kindern hin. Es übersteigt meine geistige Vorstellungskraft, daß Krabbel- und Vorschulkinder von Erwachsenen mit Messern und Macheten angegriffen und schwer verletzt wurden.
Nach dem Anziehen gibt es erst mal einen proteinhal-

tigen Keks. Zur Überbrückung, bis der Zuber mit Milchbrei kommt. Mittlerweile sitzen etwa 20 Kinder auf dem Boden des Zeltes, kauen an den Keksen und warten geduldig. Doch noch vor dem Essen werden die Kinder gewogen. Die Krankenschwester hängt die Kleinen eines nach dem anderen in eine Babywaage und registriert sorgfältig ihr Gewicht. Stetige Gewichtszunahme signalisiert, daß alles in Ordnung ist. Bei anhaltendem Gewichtsverlust wird das Kind von der Krankenschwester genauer untersucht und dem Lagerarzt vorgestellt.

Endlich gibt es die Mahlzeit. Der Brei wird überwiegend schweigend eingenommen. Danach übergeben sich einige der Kinder. Andere sitzen bereits wieder in ihrem eigenen Kot, wieder andere krabbeln zur Zeltwand. Dort lehnen sie sich dösend an. Nach dem Essen kommen die Kinder für zwei Stunden Mittagsruhe wieder ins Schlafzelt. Nach dem Mittagsschlaf sieht das Zelt wieder genauso aus wie am Morgen. Und die ganze Prozedur beginnt von neuem: duschen, Zelt säubern, Wäsche waschen, Kinder abtrocknen, anziehen, essen, schlafen.

Diese Sisyphusarbeit hat Erfolg. Carmen Garrido, die spanische UNICEF-Teamleiterin, erzählt stolz: »Noch vor drei Wochen sind täglich bis zu vierzig Kinder gestorben. Heute beklagen wir noch zwei bis drei Opfer pro Tag. Und die Kinder gewinnen täglich an Kraft. Man kann es ihnen ansehen. Und das gibt uns wiederum die nötige Kraft, um weiterzumachen.«

Was bringt die Zukunft?

Noch Wochen nach dem Einsatz in Goma kann ich schwer einschlafen. Vor allem das Bild der dreißig bis vierzig Kleinkinder, die wie kleine Häufchen Elend auf den giftgrünen, abwaschbaren Plastikplanen sitzen und auf die Dusche warten, läßt mich nicht los. Viele dieser Fünf- bis Sechsjährigen sind so beängstigend ernst. Viele Fragen bedrängen und bedrücken mich. Was wird aus diesen Kindern, wenn sie erwachsen sind? Die Kämpfer der heute siegreichen Patriotischen Front Ruandas sind die Kinder der in den fünfziger und sechziger Jahren vertriebenen Tutsi. Tragen die Kinder in den Lagern von Goma schon heute den Samen des nächsten Bürgerkrieges in sich? Können Kinder, die von Erwachsenen derart grausam behandelt wurden, jemals Frieden schaffen?

Was kann getan werden?

Die seelischen Wunden der Kinder können am besten im Familienkreis heilen. Daher führt UNICEF gemeinsam mit dem Internationalen Roten Kreuz und der britischen Hilfsorganisation Save the Children ein Programm zur Familienzusammenführung durch. In Goma wurde damit begonnen, die 12 000 verlassenen Kinder in den 20 Lagern zu fotografieren und ihre persönlichen Angaben und Merkmale zu registrieren. Gleiches organisiert UNICEF und Save the Children innerhalb Ruandas. Die Bilder und Daten werden an »Schwarzen Brettern« an zentralen Punkten in den Lagern ausgehängt. Innerhalb Ruandas werden ihre Namen und Angaben täglich über Radio Ruanda bekanntgegeben. Die gesammelten Informationen werden in einer Kartei dokumentiert, um die landesweite Familienzusammenführung zu erleichtern.

Außerdem wurde ein Sonderteam aus Sozialarbeitern zusammengestellt, um gezielt die Herkunft der Kinder und das Schicksal ihrer Familien herauszufinden. Dies geschieht vor allem in Gesprächen mit verlassenen Kindern sowie mit Eltern und Familienangehörigen, die ihre Kinder suchen. Innerhalb von drei Monaten konnten dadurch 3 000 Kinder ihre Eltern wiederfinden. Rund 2 000 ruandische Patenfamilien haben in Goma verlassene Kinder aufgenommen. Daneben brauchen die Kinder seelische Hilfe. UNICEF-Spezialisten erarbeiten Richtlinien und Mindeststandards für die Betreuung und die Behandlung verlassener Kinder. Zugleich werden therapeutische Ausbildungskurse für Lehrerinnen und Lehrer sowie Betreuer von Flüchtlingskindern durchgeführt. Lehrer und Betreuer erlernen dort den richtigen Umgang mit kriegstraumatisierten Kindern. Sie wurden für die seelischen Probleme der Kinder sensibilisiert und lernen die wichtigsten Symptome. Die Behandlung der Kinder erscheint dabei fast spielerisch.

Durch Spiele zur Heilung

Malen, Rollen- und Theaterspiele, Singen, Tanzen, Gespräche und Erzählungen sind die Methoden. Den Kindern soll in erster Linie geholfen werden, ihre Gefühle mitzuteilen und ihre Ängste und Sorgen zu offenbaren. Beispielsweise werden die Kinder ermutigt zu malen. Oft wird ein Thema vorgeschlagen, das geeignet ist, sich mit den verschiedenen Aspekten des emotionalen Stresses auseinanderzusetzen, z. B. mit Angst, Verlustgefühlen oder mit Wut. Das Malen veranlaßt die Kinder, sich selbst und ihre Gefühle darzustellen. Das kann dann der Beginn eines Heilungsprozesses sein. Zeichnen ermöglicht den Kindern, traumatische Ängste oder Erfahrungen in Bilder umzusetzen, ohne daß sie diese Ängste vorher verstandesmäßig erfaßt haben oder in Worten ausdrücken müssen. Auf diese Weise wird das Verdrängte wieder ins Bewußtsein gehoben, die Kinder können sich mit dem Erlebten auseinandersetzen, es verarbeiten.

Die unbegleiteten Kinder Ruandas

Ruandas Kinder müssen unermeßliches seelisches Leid ertragen. Psychologische Untersuchungen der seelischen Folgen des Bürgerkrieges für Kinder bestätigen, daß ruandische Kinder in einem bislang unbekannten Ausmaß traumatischen Erlebnissen ausgesetzt waren. Erste ausführliche Befragungen unter 207 Kindern zwischen 9 und 15 Jahren in den Waisenhäusern der südruandischen Stadt Nyamata ergaben ein erschreckendes Bild vom seelischen Zustand der Kinder:

- über die Hälfte der Kinder (55,5 %) haben Morde an Familienangehörigen miterlebt,
- über die Hälfte der Kinder (52,2 %) waren Zeugen bei Massenmorden in Kirchen und Schulen,
- über 40 % der Kinder beobachteten andere Kinder beim Töten,
- über 90 % der Kinder mußten sich verstecken, um zu überleben,
- viele Kinder haben tote Körper gesehen und gerochen (79,9 bzw. 85 %) oder abgetrennte Körperteile gesehen (60,2 %).

Diese Ereignisse müssen Kinder innerlich verarbeiten, die in vielen Fällen ihre Heimat, ihre Eltern und Familienangehörigen verloren haben.

Insgesamt befinden sich in Ruanda über vier Millionen Menschen auf der Flucht. Die Hälfte dieser Flüchtlinge sind Kinder und Jugendliche. Unter diesen rund zwei Millionen Kinderflüchtlingen haben nach jüngsten Schätzungen rund 80 000 Kinder den Anschluß an ihre Eltern und Familienangehörigen verloren. Diese Kinder sind damit ohne schützende Bezugspersonen, die ihnen emotionale Sicherheit und Geborgenheit geben können. Die Einsamkeit verschärft die ohnehin schon schwierige psychische Situation der Kinder um ein vielfaches.

UNICEF: Nothilfe für Ruanda

- Rund vier Millionen der insgesamt 7,5 Millionen Einwohner Ruandas sind auf der Flucht. Die Hälfte der Flüchtlinge sind Kinder und Jugendliche.
- UNICEF schätzt, daß rund 80 000 Kinder während des Bürgerkrieges den Anschluß an Eltern oder Familienangehörige verloren haben. Allein in den Lagern um Goma werden rund 50 000 verlassene Kinder vermutet. Die Mehrzahl dieser Kinder ist im Alter zwischen zwei Wochen und 12 Jahren.
- UNICEF koordiniert in Ruanda und den Flüchtlingslagern der Nachbarländer die Hilfe für Kinder. Dazu zählt die Versorgung mit Basismedikamenten, Impfstoffen, oralem Rehydratationssalz, Kindernahrung sowie die Lieferung von Zelten und Decken. Außerdem organisieren dic UNICEF-Wasseringenieure die Wasserversorgung und den Latrinenbau.
- Neben der Überlebenshilfe für Kinder spielen zunehmend die psychosoziale Betreuung sowie die Einrichtung von Grundschulkursen eine wichtige Rolle. Gemeinsames und regelmäßiges Spielen und Lernen sind wichtig für die seelische Entlastung der oftmals durch die Flucht und die Kriegserlebnisse traumatisier-

ten Kinder. Viele Lehrerinnen und Lehrer sind während des Bürgerkrieges ermordet worden. Deshalb muß eine ganze Lehrergeneration neu ausgebildet werden. Dabei sollen die Lehrkräfte nicht nur pädagogische, sondern auch psychotherapeutische Qualifikationen erwerben. Schließlich dürfte die Mehrheit der Schülerinnen und Schüler über Jahre seelisch unter den Kriegserlebnissen leiden.

- Die UNICEF-Hilfe konzentriert sich sowohl auf die Versorgung der Flüchtlingslager wie auf den Wiederaufbau Ruandas. Die Lösung des Flüchtlingsproblems kann nur in der Rückkehr liegen. Dafür aber müssen sowohl die politischen wie auch die logistischen Voraussetzungen geschaffen werden. UNICEF arbeitet deshalb in Ruanda am Wiederaufbau der Basisgesundheitsversorgung, der Kühlkette für Impfstoffe, der Wasserversorgung und des Schulwesens mit.

Kriegstraumatisierte Kinder

Die Kinder Ruandas stehen mit ihrem Leid nicht allein. Bürgerkrieg und Krieg töten, verletzen und verwunden Millionen Kinder:

- Über 1,5 Millionen Kinder sind während der achtziger Jahre in Kriegen ums Leben gekommen.
- 12 Millionen Kinder haben ihr Zuhause verloren.
- 5 Millionen Kinder leben in Flüchtlingslagern.
- 4 Millionen Kinder leiden an kriegsbedingten Behinderungen.
- 200 000 Kinder unter 18 Jahren haben als Soldaten im Krieg gekämpft.

Diese Kinder haben das Grauen des Krieges erlebt: die Trennung oder den Tod von Eltern, Verwandten, Freunden; Lagerleben, Mord, Folter, Verwundung …

Solche Erlebnisse wirken sich auf das Seelenleben der betroffenen Kinder aus: Alpträume, Angstzustände, Apathie, Aggressionen, Depressionen, Bettnässen, Konzentrationsschwierigkeiten sind nur einige der Folgen. Fachleute bezeichnen solche Reaktionen als »posttraumatische Belastungsstörung«. Weit über 10 Millionen Kinder leiden nach Schätzungen von UNICEF seelisch unter den Kriegsqualen – der Krieg hinterläßt in vielen Ländern eine Generation traumatisierter Menschen.

Rupert Neudeck

Komitee Cap Anamur

Deutsche Not-Ärzte e. V.

Wer ist das Komitee, und was macht es?

Das Komitee wurde im Februar 1979 anläßlich der großen Not der vietnamesischen Flüchtlinge im Südchinesischen Meer gegründet. Der Name des ersten Schiffes war CAP ANAMUR, genannt nach einem Cap in der Türkei. Dieses Schiff wurde so bekannt, daß wir das Komitee danach benannten. In den folgenden drei Jahren konnten 9 507 boat people gerettet werden. Viele Aktionen in zahlreichen Ländern folgten, wobei sich die Struktur des Komitees bis heute kaum verändert hat. Etwa 35 Mediziner/innen und Techniker/innen versuchen in den Projekten gemeinsam mit einheimischen Kräften, das Leben von Menschen in Not menschenwürdiger zu gestalten. Sie sind angestellt, verdienen 2 000 DM brutto und verpflichten sich für mindestens sechs Monate. Unser Prinzip ist: Wir geben nie Geld allein, wir geben nichts an Regierungen, Hilfsgüter nur in Verbindung mit eigenen Mitarbeiter/innen. Unsere derzeitigen Projekte:

VIETNAM Bau eines Ausbildungszentrums in der Provinz Lai Chau u. Ausbildung v. Gesundheitshelfer/innen

KAMBODSCHA Minenräumen und med. Ambulanz in der Provinz Prey Veng

HAITI Aufbau einer basismedizinischen Versorgung, 6 Gesundheitsstationen in Saud D'eau und zwischen Cabaret und St. Marc

ANGOLA Minenräumprojekte in den Provinzen Cunene, Krankenhäuser in Kahama u. Oncocua

ERITREA Krankenhaus in Tessenei, Neubau eines Krankenhauses in Vorbereitung

RUANDA Waisenhäuser in Ndera und Nyamasheke, Krankenhäuser in Gisenyi und Nyamasheke, Friedensdorf Nelson Mandela

BOSNIEN Sarajevo: mobile Betreuung v. Querschnittgelähmten, Altenrestaurant in Dobrinja, Betreuung v. alten Menschen, Ausbau eines Altenheimes

TSCHETSCHENIEN Kinderpoliklinik in Grosnij, Krankenhaus in Samaschki

ÄTHIOPIEN Axum Hospital in der Provinz Tigray

BENIN Krankenhaus: Ausführung Sektion Niederrhein

Am 27. Juni 1991 fuhr unsere Krankenschwester Helmien in Somalia mit ihrem Jeep auf eine Antipanzermine. Ihr wurden beide Füße zerfetzt, eine Begleiterin ebenfalls schwerst verletzt. Helmien war es später, die uns ermutigte, Minen zu räumen, um damit neue Minenopfer zu verhindern. In Angola konnten von unseren Sprengmeistern und ihren Teams über 80 000 Minen und 1 900 Tonnen wilde Munition vernichtet werden. Zum Teil wurden Waffen und Munition durch die Minen gesprengt. Eine Waffe vernichtet die andere. CAP ANAMUR hatte mit 100 000 Bürgerunterschriften einen Herstellungsstopp für Landminen gefordert, und dies zeigt uns schon auf, was viele Bürger/innen denken. Nach Schätzungen des IKRK liegen in Afghanistan 10 Mio., in Angola 12 Mio. und in Kambodscha 6 Mio. Minen. Wenn man allein in Afghanistan in dem jetzigen Tempo weiterräumt, ist man im Jahre 2430 damit fertig. Die billigste Antipersonenmine kostet 3 Dollar, die Bergung und Vernichtung 1 000 Dollar. Es ist ein Teufelszeug, das im Boden vieler Entwicklungsländer liegt und Tag für Tag unschuldige Menschen, viele Kinder, zu Opfern macht.
Weitere Informationen:
Komitee Cap Anamur, Postfach 10 21 33, 50461 Köln
Tel.: 02 21/12 21 66
Fax: 02 21/12 16 68

ULRICH DELIUS

Als Sklave im Sudan gejagt

Die Rechenstunde in meiner Schule hatte gerade angefangen, als draußen plötzlich Lastwagen mit ganz vielen Soldaten vorfuhren. Mit erhobenen Gewehren stürmten sie in meine Klasse und trieben uns alle auf den Schulhof. Dort warteten schon viele Kinder aus anderen Klassen, denen allen die Angst im Gesicht anzusehen war. Was wird mit uns geschehen? fragten wir uns. Einigen Kindern gelang es zu fliehen. Wir anderen wurden alle auf Lastwagen verladen und weggefahren«, erklärt John mit zitternder Stimme. Auch drei Jahre nach seiner Entführung wird der elfjährige Südsudanese noch immer bleich im Gesicht, wenn er davon erzählt, wie er Sklave wurde. »Sie haben uns in die nahe gelegene Stadt Bor gefahren und dort Familien zugewiesen. Mich nahm ein Armeeoffizier, der Mohammed genannt wurde, zu sich nach Hause. Mohammed weigerte sich, mich mit meinem richtigen südsudanesischen Namen anzusprechen. Er meinte, ich wäre jetzt ›Araber‹ und müßte daher auch einen arabischen Namen haben. ›Hassan‹ wurde ich nun gerufen, ich habe diesen Namen aber nie gemocht. In die Kirche, in die alle Christen gingen, durfte ich nicht mehr. Mohammed meinte, ich sei nun Muslim, und zwang mich, eine muslimische Koranschule zu besuchen. Mohammed behandelte mich sehr schlecht. Ich mußte immer den Abwasch machen, seine Wäsche waschen, saubermachen und einkaufen gehen. Auch ohne richtigen Grund schlug er mich oft. Geld hat er mir nie für meine viele Arbeit gegeben. Ich war sehr unglücklich und hatte nur einen Gedanken: Wie kann ich von hier fliehen und meine Eltern wiedersehen?« Mit Hilfe eines Onkels, der in der gleichen Stadt lebte, gelang John nach drei Jahren schließlich die Flucht aus der Sklaverei.

Nicht viel besser erging es Emmanuel. Der Elfjährige besuchte eine Schule in der südsudanesischen Stadt Juba. Als die sudanesische Regierung beschloß, daß auch die christlichen Kinder zukünftig den muslimischen Koran in der Schule lernen sollten, weigerte sich Emmanuel gemeinsam mit anderen Schülern. Alle protestierenden Kinder wurden verhaftet und wegen Anstiftung zu Unruhen in die Hauptstadt Khartum geflogen. »Von dort wurden wir mit verbundenen Augen in ein Lager in den Ostsudan gefahren«, berichtet Emmanuel. »Erst später erfuhren wir, daß man uns in ein Koran-Studienzentrum in der Nähe der Stadt Kassala gebracht hatte. Ich war mit meinen elf Jahren das älteste aller Kinder, die entführt worden waren. Nun sollten wir den Koran lernen und später für die islamischen Milizen zwangsverpflichtet werden, die gegen uns Südsudanesen bei uns zu Hause kämpfen. Nur der Gedanke daran ließ unser Herz schon fast stillstehen, und wir alle suchten nur nach Möglichkeiten, wie wir fliehen könnten. Ich hatte es nicht leicht in dem Lager, da ich mich weigerte, meinen christlichen Namen aufzugeben und einen islamischen Namen anzunehmen. Immerzu wurde ich geschlagen und bekam tagelang nichts zu essen. Mir wurde plötzlich klar, daß mich mein Starrsinn mein Leben kosten könnte, und ich erklärte mich schließlich bereit, einen islamischen Namen anzunehmen. Nicht ohne Hintergedanken nannte man mich »Bilal«. Es ist der Name eines Sklaven im Koran. Die Leute, die mich quälten, bemerkten schon bald, daß mir der Name nicht gefiel und ich mich innerlich dagegen wehrte, so genannt zu werden, und so wurde ich weiter von ihnen mißhandelt. Ich mußte die Latrineneimer für meinen Koranlehrer leeren. Nachts wurde ich an Händen und Füßen angekettet, um jede Flucht zu verhindern. Einer meiner Aufseher war ganz nett. Er berichtete mir eines Tages, er habe gehört, ich solle wegen meiner ständigen Proteste und meiner Starrsinnigkeit als Sklave verkauft werden. Er hatte Mitleid mit mir und versprach mir zu helfen. Sicherlich würde ich bald eine Möglichkeit zur Flucht haben, wenn ich nicht mehr soviel Widerstand leisten würde. Er hatte recht. Tatsächlich wurden meine Haftbedingungen erleichtert, und es gelang mir zu fliehen. Der nette Aufseher hatte mir genau den Weg bis zur nahen Grenze zum Nachbarland Eritrea beschrieben. An den Wachposten vorbei stahl ich mich über die Grenze. Hätten sie mich dort erwischt, wäre ich sicherlich getötet worden. Ich war unheimlich glücklich, endlich wieder frei zu sein.« Doch der Leidensweg Emmanuels endete nicht mit seiner Ankunft in Eritrea. Schon bald verdächtigte man den Jungen, für den Sudan zu spionieren, und sperrte ihn erneut in ein Gefängnis ein. Emmanuel verstand die Welt nicht mehr, hatte er doch gehofft, in Eritrea endlich in Sicherheit zu sein. Vier Wochen verbrachte er in Haft, bis er schließlich als Flüchtling anerkannt wurde. Emmanuel würde gerne weiter die Schule besuchen und studieren, doch selber kann er das dafür notwendige Geld nicht aufbringen. Immer wieder muß der Junge an seine im südsudanesischen Juba zurückgebliebenen Eltern denken. Emmanuel fürchtet, daß sie aufgrund seiner Flucht große Probleme mit den sudanesischen Behörden bekommen haben.

Emmanuel und John sind nur zwei von mehr als 15 000 südsudanesischen Kindern, die seit 1985 von nordsudanesischen Soldaten oder Milizionären in die Sklaverei verschleppt wurden. Opfer der Sklaverei werden vor allem südsudanesische Kinder, die in den Grenzgebieten zwischen dem Süd- und Nordsudan leben. Seit 30 Jahren herrscht Krieg zwischen dem Nord- und Südsudan. Systematisch versucht die sudanesische Regierung im arabischen Nordsudan die schwarzafrikanischen Völker im Südsudan zu vernichten. Nahezu drei Millionen Schwarzafrikaner starben durch Hunger, Krieg,

Flucht, Massaker und Massenvertreibungen. Die sudanesische Militärregierung hat 1992 sogar zum »Heiligen Islamischen Krieg« gegen die Ungläubigen im Südsudan aufgerufen. Die Religion spielt eine große Rolle in dem blutigen Konflikt. Planmäßig versucht die muslimische Regierung den gesamten Sudan zu islamisieren. Die Machthaber in Khartum scheuen auch nicht davor zurück, Südsudanesen unter Zwang zum Islam zu bekehren. Bis heute sind die meisten Südsudanesen Christen oder Anhänger traditioneller afrikanischer Religionen. Die Regierung ist aber nicht nur an einer Verbreitung des Islam interessiert, sondern auch an einer wirksamen Kontrolle der Bodenschätze, insbesondere des Erdöls, im Südsudan.
Seit Jahren leisten die Südsudanesen Widerstand gegen die Arabisierung und Islamisierung des Südsudan. Als 1985 der Widerstand der Südsudanesen in den Grenzgebieten zum Nordsudan zunahm, bewaffnete die sudanesische Armee arabische Milizen und befahl ihnen, die südsudanesische Zivilbevölkerung einzuschüchtern. Die Milizionäre überfielen daraufhin südsudanesische Dörfer, plünderten die Häuser, raubten das Vieh der Bauern und entführten Kinder und Frauen. Planmäßig wird die Sklaverei von der sudanesischen Regierung als Mittel der Kriegsführung gegen die aufständische Bevölkerung im Südsudan eingesetzt. Viele der in die Sklaverei verschleppten Kinder müssen als unbezahlte Haushaltshilfen für die Milizionäre und ihre Angehörigen arbeiten. Andere werden auf Märkten in nahe gelegenen Städten im Nordsudan zum Kauf angeboten. Kostete

1989 ein Sklavenkind noch 325 DM, so sank der Preis 1990 auf 37 DM, da ständig neue Kinder auf den Märkten angeboten wurden. Ein Teil der geraubten Kinder wird in Umerziehungslager verschleppt und im muslimischen Glauben unterrichtet. Ziel der Umerziehung ist es, die jungen Südsudanesen zu islamisieren. Schon Kindern soll deutlich gemacht werden, daß sie im Sudan nur eine Überlebenschance haben, wenn sie sich zum muslimischen Glauben bekennen und ihre Abstammung aus einer schwarzafrikanischen Familie leugnen. Einige der verschleppten Kinder wurden auch im Ausland als Sklaven eingesetzt. So wurden junge Schwarzafrikaner gekidnappt und in die arabischen Staaten am Persischen Golf als billige Haushaltskräfte verkauft.
Für die Kinder beginnt mit der Verschleppung ein Alptraum, den sie ihr ganzes Leben nicht vergessen werden. Natürlich fürchten die Entführten, niemals ihre Familien wiederzusehen. Nur wenige ihrer neuen »Herrn« behandeln die Sklaven, wie es Menschen würdig ist. Die meisten der geflohenen Sklaven berichten über ständige Mißhandlungen. Viele der Verschleppten müssen sogar um ihr Leben fürchten. So berichtete die dreizehnjährige Abuk Thuc Akwar, die von Milizionären verschleppt worden war, daß sie tagsüber in den Getreidefeldern arbeiten und nachts ihrem »Herrn« zu sexuellen Diensten zur Verfügung stehen mußte. Während ihrer Entführung war das Mädchen, das von den Milizionären »schwarzer Esel« genannt wurde, mehrmals vergewaltigt worden. Schließlich gelang Abuc nur mit Hilfe der eifersüchtigen Ehefrau ihres »Herrn« die Flucht.

Menschenrechtsorganisationen, wie die Gesellschaft für bedrohte Völker und Anti-Slavery International, warnen seit Jahren vor staatlich geförderter Sklaverei im Sudan. Auch der Sonderberichterstatter der Vereinten Nationen für den Sudan, Gaspar Biro, äußerte sich nach einem Besuch in dem Land im März 1995 entsetzt über das Ausmaß der Sklaverei.

Selbst dem sudanesischen Staatspräsidenten Omar Hassan al Baschir wird vorgeworfen, in seinem eigenen Haus Sklaven zu halten. Baschir weist alle Vorwürfe strikt zurück. »Vier Studenten leben bei mir. Das ist Teil der sudanesischen Tradition. Wir kommen für alle ihre Kosten auf«, rechtfertigt sich der Präsident. Von Sklaverei im Sudan will Baschir nichts wissen. Der Präsident und seine Minister reagieren verärgert, wenn sie von ausländischen Besuchern auf das Thema angesprochen werden. Für sie steht fest, daß es keine Sklaverei im Sudan gibt. Sie sind davon überzeugt, daß alle Zeugenaussagen geflohener Sklaven erlogen sind oder von der europäischen und amerikanischen Presse erfunden wurden, um dem internationalen Ansehen des afrikanischen Staates zu schaden.

Fast jede Woche erreichen Menschenrechtsorganisationen neue Berichte von ehemaligen Sklaven, denen es gelang zu fliehen. Nicht nur im Südsudan, sondern auch im Nordsudan wird die Sklaverei von der sudanesischen Regierung als Mittel der Kriegsführung genutzt. Denn schwarzafrikanische Völker werden nicht nur im Südsudan, sondern auch im Norden des Landes vernichtet. Als Schwarzafrikaner leben die zwei

Millionen Nuba in den Nuba-Bergen umgeben von arabisch-muslimischen Bevölkerungsgruppen. Mehr als eine Million Nuba wurden seit 1987 von der sudanesischen Armee und von ihr bewaffneten Milizen vertrieben, verschleppt oder ermordet. Planmäßig werden ihre Dörfer niedergebrannt, die Bewohner getötet oder auf Lastwagen in Konzentrationslager transportiert. Mehr als 16 000 Nuba-Kinder wurden in den Nordsudan verschleppt und als Sklaven verschenkt oder verkauft. Mit dieser Politik der Versklavung und Vernichtung soll die jahrtausendealte Kultur der Nuba zerstört werden, um die Arabisierung und Islamisierung des Sudan voranzutreiben.

Immer »zwischen allen Stühlen« – seit 25 Jahren für die Menschenrechte Gesellschaft für bedrohte Völker

1968: Krieg in Biafra (Nigeria). Die Weltöffentlichkeit ist schockiert von Bildern des Elends. Zwei Millionen Ibo sterben durch Hunger und Krieg. Die Sowjetunion und Großbritannien versorgen die Zentralregierung mit Waffen und machen sich mitschuldig. Weltweit entstehen Biafra-Komitees, die auf die Leiden der Biafraner aufmerksam machen. Die Studenten Tilman Zülch und Klaus Guerke gründen die »Aktion Biafra-Hilfe« im Juni 1968 in Hamburg. Sie koordiniert Aktionsgruppen in der ganzen Bundesrepublik. Doch es bleibt nicht dabei, daß sie die Öffentlichkeit der Hansestadt unter anderem durch die Besetzung des britischen Konsulats aufzurütteln versuchen: Tilman Zülch reist nach Biafra und wird dort Zeuge eines grausamen Krieges, in dem Hunger als Waffe eingesetzt wird. Diese Erfahrungen – Krieg, Hunger und internationale Förderung oder zumindest Duldung von Völkermord – führten zur Gründung einer Menschenrechtsorganisation mit dem Anspruch, weltweit Menschenrechte von Gruppen zu schützen und durchzusetzen: 1970 wurde die »Aktion Biafra-Hilfe« in »Gesellschaft für bedrohte Völker« (GfbV) umbenannt und die Zeitschrift »pogrom« (Sitz seit 1979 in Göttingen) ins Leben gerufen. Seit April 1993 hat die GfbV als Nichtregierungsorganisation (NGO) beratenden Status beim Wirtschafts- und Sozialrat (ECOSOC) der Vereinten Nationen.

So hilft die GfbV

Der Einsatz für unterdrückte Völker, wie ihn die GfbV betreibt, ist nur möglich, weil sie unabhängig von Parteien und staatlichen Institutionen ihre Arbeit allein durch Mitgliedsbeiträge und Kampagnenspenden finanziert. Über 6 750 Mitglieder und rund 30 000 Förderer gewährleisten ihre politische Unabhängigkeit. Die GfbV ist so die größte Menschenrechtsorganisation in Deutschland nach amnesty international; mit ihrer besonderen Themenstellung ist sie sogar einzigartig im

deutschen Sprachraum. Im Göttinger Bundesbüro sind 20 hauptamtliche Mitarbeiter beschäftigt. Bundesweit arbeiten ehrenamtlich rund 30 Regionalgruppen. Darüber hinaus gibt es noch Sektionen in Österreich, Luxemburg, Italien, in der Schweiz und der autonomen Region Südtirol.
Zu den Schwerpunkten der GfbV-Arbeit gehört die kontinuierliche Information über die Situation verfolgter und bedrohter Völker. Mit Presseerklärungen und -konferenzen, der Zeitschrift »pogrom«, dem Kampagnenblatt »Vierte Welt Aktuell«, mit Aufrufen, Demonstrationen und Aktionen schafft das Göttinger Büro Öffentlichkeit. Minderheitenvertretern ermöglicht die GfbV, auf Pressekonferenzen, Tagungen oder Podiumsdiskussionen öffentlich aufzutreten. Diese politische Menschenrechtsarbeit wird ergänzt durch Einflußnahme auf Abgeordnete, Regierungen, Parteien, Kirchen und Institutionen. Viel Raum nimmt auch die Beratung von Journalisten, Publizisten, Verlagen, Rechtsanwälten und Hilfswerken ein. Die GfbV hilft politischen Flüchtlingen von Minderheitenvölkern bei der Erlangung von politischem Asyl durch das Erstellen von Gutachten und Hintergrundmaterial für Rechtsanwälte und Gerichte.
Weitere Informationen:
Gesellschaft für bedrohte Völker (GfbV), Postfach 2024, 37010 Göttingen, Tel. 05 51/4 99 06-0, Fax 05 51/5 80 28

LUTZ VAN DIJK

Das Anne-Frank-Haus in Amsterdam

Wir, die Jüngeren, haben doppelt Mühe, unsere Meinungen in einer Zeit zu behaupten, in der aller Idealismus zerstört und kaputtgemacht wird, in der sich Menschen von ihrer häßlichsten Seite zeigen . . .
Das ist das Schwierige in dieser Zeit: Ideale, Träume, schöne Erwartungen kommen nicht auf, oder sie werden von der grauenhaftesten Wirklichkeit getroffen und vollständig zerstört. Es ist ein Wunder, daß ich nicht alle meine Hoffnungen aufgegeben habe, denn sie scheinen absurd und unausführbar. Trotzdem halte ich an ihnen fest, trotz allem, weil ich noch immer an das Gute im Menschen glaube.«
Dies schreibt das jüdische Mädchen Anne Frank am 15. Juli 1944 in ihr Tagebuch, gut einen Monat nach ihrem

fünfzehnten Geburtstag und etwa drei Wochen bevor sie und ihre Familie sowie vier weitere versteckte Menschen am 4. August 1944 durch einen anonymen Verrat von der Polizei entdeckt und aus dem Hinterhaus in der Prinsengracht 263 geholt werden, in dem sie sich beinah zwei Jahre verborgen hatten. Anne Frank, ihre Schwester Margot, ihre Mutter und ihr Vater kommen in das niederländische Durchgangslager Westerbork, von wo aus sie wenig später mit dem letzten Zug, der aus den Niederlanden abfährt, in das Konzentrationslager Auschwitz deportiert werden.

Wer ist dieses Mädchen? Wie kommt es, daß heute jährlich rund 600 000 zumeist jugendliche Besucherinnen und Besucher aus aller Welt das enge Hinterhaus in Amsterdam besuchen? Was genau tut das Amsterdamer Anne-Frank-Haus, das nicht nur das Hinterhaus als Museum betreut, sondern sich darüber hinausgehende Ziele gesteckt hat?

Zunächst zwei einfache Antworten, die gleich näher erläutert werden sollen: Zum einen ist Anne Frank ein ganz normales Mädchen, das erst durch die besonderen Umstände und auch erst nach ihrem Tode weltberühmt wird. Zum anderen geht es dem Anne-Frank-Haus darum, nicht allein warnend auf die Schrecken der damaligen Zeit aufmerksam zu machen, sondern vor allem heutigen Kindern und Jugendlichen Mut zu machen, nicht zu resignieren: »... trotz allem, weil ich noch immer an das Gute im Menschen glaube.«

Wer ist das Mädchen Anne Frank? Geboren am 12. Juni 1929 in Frankfurt am Main, ist sie noch sehr klein, als in

Deutschland 1933 die Nazis unter ihrem Anführer Adolf Hitler an die Macht kommen. Ihre Eltern, Edith und Otto Frank, leben seit Generationen als Juden in Deutschland. Und doch spürt der Vater, daß sich 1933 eine besondere Gefahr zusammenbraut. Zunächst durch Haßtiraden gegen Juden, die angeblich an vielem Übel schuld sein sollen, und durch Boykotte jüdischer Geschäfte, später auch durch Gesetze, die Unrecht und Diskriminierung zu Recht erklären, droht die Lebenssituation immer schwieriger zu werden.
Als Otto Frank das Angebot bekommt, in Amsterdam eine Firma zu gründen, nimmt er an. Im Herbst 1933 hat er eine Wohnung gefunden, und seine Frau und die beiden Töchter können folgen. Zunächst scheint dies die Rettung. In den Niederlanden gibt es zwar auch Nazis, aber sie sind eine kleine Splittergruppe und haben kaum Einfluß. Anne und Margot lernen bald neue Freundinnen und Freunde kennen, die ihnen die Sprache beibringen. In der Schule kommen sie gut mit.
Um so größer ist das Entsetzen, als am 1. September 1939 die deutsche Regierung unter Adolf Hitler mit einem Überfall auf Polen den Zweiten Weltkrieg beginnt. Doch erst hoffen viele Niederländer, daß – wie im Ersten Weltkrieg – die Niederlande vom Krieg verschont bleiben würde. Die niederländische Regierung bemüht sich um eine neutrale Haltung. Ungeachtet dessen überfällt am 10. Mai 1940 die deutsche Armee auch den kleinen Nachbarn im Westen. Nach der schrecklichen Bombardierung der niederländischen Großstadt Rotterdam, bei der viele Menschen in den

Flammen umkommen, kapitulieren die Niederlande vier Tage später.
Als das erste Entsetzen über die brutale Bombardierung der Zivilbevölkerung Rotterdams vorbei ist, bemühen sich die deutschen Militärs um eine vor allem »ordentliche Verwaltung« des besetzten Landes. Es gibt manche Niederländer, die nach ein paar Monaten denken: Na, so schlimm wie befürchtet ist es gar nicht! Doch für die Juden – die niederländischen wie die aus anderen Ländern in die Niederlande geflohenen – beginnt die gezielte Benachteiligung und Ausgrenzung bald von neuem.
Im Sommer 1941 erfahren Anne und Margot, daß sie als jüdische Kinder nicht mehr in die Schule ihrer Wahl gehen dürfen, sondern nur noch zu bestimmten jüdischen Schulen zugelassen sind.
Anne schreibt über die Zeit später in ihrem Tagebuch: »Judengesetz folgte auf Judengesetz, und unsere Freiheit wurde sehr beschränkt. Juden müssen einen Judenstern tragen; Juden müssen ihre Fahrräder abgeben; Juden dürfen nicht mit der Straßenbahn fahren; Juden dürfen nicht mit einem Auto fahren, auch nicht mit einem privaten; Juden dürfen nur von 3 bis 5 Uhr einkaufen; Juden dürfen nur zu einem jüdischen Friseur; Juden dürfen von 8 Uhr abends bis 6 Uhr morgens nicht auf die Straße . . . So ging unser Leben weiter, und wir durften dies nicht und das nicht. Jacque sagt immer zu mir: ›Ich traue mich nichts mehr zu machen, ich habe Angst, daß es nicht erlaubt ist.‹«
Ohne daß Anne und Margot davon etwas ahnen, bereitet ihr Vater bereits seit einem Jahr ein Versteck im

Hinterhaus in der Prinsengracht 263 vor, in dessen Vorderhaus die Firma des Vaters untergebracht war. Er schafft vor allem Lebensmittel und Kleider dorthin, jedoch immer nur so viel, daß es Außenstehenden nicht auffällt. Als am 8. Juli 1942 ein Aufruf zur Deportation für Annes Schwester Margot erfolgt, die gerade sechzehn Jahre ist, hält der Vater den Zeitpunkt für gekommen. Ein Teil seiner ehemaligen Mitarbeiter ist eingeweiht und hat sich bereit erklärt, der Familie im Versteck zu helfen, wie lange es auch dauern wird.

Daß es mehr als zwei Jahre dauern wird, daß sogar noch vier weitere »Untertaucher« zusätzlich aufgenommen werden und daß zuletzt ein anonymer Verrat der versuchten Rettung ein grausames Ende bereiten wird – das ahnt niemand im Sommer 1942. Immer wieder gibt es in diesen zwei Jahren Hoffnungsschimmer: zum Beispiel, als die deutsche Wehrmacht zu verlieren beginnt und ein Ende des Krieges in greifbare Nähe gerückt zu sein scheint. Immer wieder aber auch herrscht Angst vor Entdeckung und Verrat. Die Nazis haben ein »Kopfgeld« ausgesetzt für Menschen, die versteckte Juden verraten. Und immer wieder auch müssen die acht »Untergetauchten« mit der Enge, der knappen Versorgungslage und den damit verbundenen Konflikten klarkommen.

Anne beschreibt diese zwei Jahre so ehrlich und anrührend, daß hier einer persönlichen Lektüre ihres Tagebuches nicht vorgegriffen werden soll. Sie schreibt über Konflikte mit ihrer Mutter, über ihre ersten Liebesgefühle zu dem etwas älteren Peter – und immer wieder über ihre Sehnsucht nach Freiheit und nach Zukunft: So träumt sie zum Beispiel davon, später einmal eine berühmte Schriftstellerin zu werden. Zumindest dies ist ihr gelungen – nach ihrem Tod. Anne stirbt kurz nach ihrer Schwester Margot im März 1945 im Konzentrationslager Bergen-Belsen an Typhus.

Nur Otto Frank, der Vater, überlebt. Als er nach Kriegsende nach Amsterdam zurückkommt, sucht er zunächst einige Wochen verzweifelt nach seinen beiden Töchtern, deren Schicksal zunächst noch ungewiß ist. Erst nachdem er die schreckliche Gewißheit über den Tod der gesamten Familie hat, bekommt er von Miep Gies, einer früheren Angestellten, die mit anderen die Menschen im Versteck zwei Jahre lang treu versorgt hat, die verschiedenen Tagebuch-Aufzeichnungen seiner Tochter Anne, die die Polizei achtlos liegengelassen hatte.

Heute ist das Tagebuch in mehr als fünfundfünfzig Sprachen übersetzt und über zwanzig Millionen Male verkauft worden. Es gibt einen Film und ein Theaterstück über das Leben der Menschen im Hinterhaus. 1979, ein Jahr vor seinem Tod, schrieb Otto Frank über seine Motive, das Tagebuch seiner Tochter zu veröffentlichen: »Nirgends in ihrem Tagebuch spricht Anne von Haß . . . Ich habe viele tausend Briefe bekommen. Vor allem Jugendliche wollten immer wieder wissen, wie es je zu diesen schrecklichen Ereignissen hat kommen können. Ich antworte ihnen, so gut ich kann. Und am Ende schreibe ich oft: Ich hoffe, daß Annes Buch auf Dein Leben einwirken wird, damit Du, soweit es Dir und

Deiner Umgebung möglich ist, für Verständigung und Frieden arbeiten kannst.«

Besser läßt sich auch kaum die Zielsetzung der Anne Frank Stiftung selbst umschreiben. 1957 begann es zunächst damit, das ehemalige Hinterhaus, das leer stand und zu verfallen drohte, vor dem Abriß zu retten. Eine Amsterdamer Bürgerinitiative, die bald nationale und internationale Unterstützung erfuhr, konnte am 3. Mai 1960 das Hinterhaus für Besucher öffnen. Von Anfang an war klar, daß es sich nicht allein um ein gewöhnliches Museum handeln würde. Eine später weltweit gezeigte Wanderausstellung über das Leben von Anne formulierte die Intention mit den Worten: »Hätte Anne Frank, zu Lebzeiten ein Mädchen unter vielen, auf unsere Hilfe rechnen können, wenn sie unser Nachbarkind gewesen wäre?«

Vier Überlegungen kennzeichnen die vielfältigen pädagogischen Aktivitäten des Anne-Frank-Hauses, die von der Betreuung zahlreicher Besuchergruppen während des Besuchs im Hinterhaus über die Erstellung von Unterrichtsmaterialien bis hin zu einer internationalen Wanderausstellung reichen:

1. Den Zusammenhang von damals und heute deutlich zu machen (ohne wichtige Unterschiede zu verschweigen).

2. Konkrete Lebensgeschichten zu erzählen, um eine besondere Einfühlung in menschliche Ängste, aber auch Mut zu ermöglichen (ohne die politischen und gesellschaftlichen Begleitumstände zu vernachlässigen).

3. Auch von positiven Verhaltensweisen (zum Beispiel

der Helfer wie Miep Gies) zu berichten und besonders aufmerksam nach ihren Bedingungen und Motiven zu fragen, um von diesen Menschen lernen zu können (ohne in Schwarzweißmalerei von »guten« und »bösen« Menschen zu verfallen).

4. Die Bedeutung von persönlicher Verantwortung hier und heute zu erforschen (ohne von unrealistischem Heldentum auszugehen).

Das Anne-Frank-Haus, in dem heute rund fünfundachtzig Menschen arbeiten, hat neben dem Museum und der pädagogischen Abteilung noch einen dritten Schwerpunkt, der »interkulturelle Entwicklung« genannt wird: Hier arbeiten Menschen, die über den engen Rahmen von Schule und Elternhaus hinaus denken und in den wohl weltweit zunehmend multikulturellen Gesellschaften eine der großen Herausforderungen unserer Zeit sehen. Ist die multikulturelle Gesellschaft, in der Menschen verschiedenster Herkunft und Überzeugung leben, ein »Problem«, dem man im schlimmsten Fall nur mit »ethnischer Säuberung« beikommen kann? Oder liegen in ihr nicht auch besondere Chancen für eine vielfältige Gesellschaft und für die Nutzung unterschiedlicher Fähigkeiten und Erfahrungen?

So hat die Abteilung »interkulturelle Entwicklung« zum Beispiel Seminare mit Betrieben durchgeführt, um darüber nachzudenken, welche Vorteile etwa eine Firma haben kann, wenn sich in ihrer Mitarbeiterschaft die tatsächliche gesellschaftliche Zusammensetzung spiegelt. Oder mit der Polizei wurde überlegt, wie von ihrer Herkunft her nicht-niederländische Menschen im Poli-

zeidienst eine besondere Aufgabe bei der Vorbeugung von Kriminalität übernehmen könnten.
Als im August 1994 der südafrikanische Präsident Nelson Mandela mit der »Anne-Frank-Medaille« ausgezeichnet wurde, berichtete er davon, wie ihm und seinen Mitgefangenen die Lektüre des illegal ins Gefängnis geschmuggelten Tagebuchs von Anne Frank Mut gemacht hätte. Er sagte, daß, wenn ein fünfzehnjähriges Mädchen die Hoffnung nie aufgegeben hätte, sie als erwachsene Männer trotz Terror und Folter dies auch nicht tun dürften.
Es ist diese Ermutigung, um die sich das Anne-Frank-Haus in Amsterdam in seiner nationalen wie internationalen Arbeit seit nunmehr über fünfunddreißig Jahren bemüht. Erst seit Mitte der achtziger Jahre ist vor diesem Hintergrund auch die Zusammenarbeit mit deutschen Schülerinnen und Schülern sowie Lehrerinnen und Lehrern intensiviert worden. Wichtige pädagogische Materialien liegen inzwischen auch in deutscher Sprache vor. Nicht an die Vergötterung einzelner Helden glaubt man in Amsterdam, sondern an den engagierten Einsatz von Kindern, Jugendlichen und Erwachsenen immer da, wo es wichtig ist, den Mund aufzumachen und nicht wegzuschauen. Oder wie der Literaturnobelpreisträger Elie Wiesel einmal während einer Ausstellungseröffnung im Amsterdamer Anne-Frank-Haus sagte: »Das Gegenteil von Liebe ist nicht so sehr der Haß, sondern die Gleichgültigkeit.«

Nähere Informationen über aktuelle Aktivitäten und

Veröffentlichungen (auch in deutscher Sprache) sind erhältlich beim:
Anne-Frank-Haus, Postbus 730, NL-1000 AS Amsterdam, Tel.: 0031-20-55 67 100

Direkt vom Anne-Frank-Haus herausgegeben gibt es u. a.:

* Anne Frank Zeitung (DM 3,-- plus Porto)
Für Kinder und Jugendliche von 10 bis 14 Jahren. In deutscher Sprache liegen bisher drei Ausgaben vor
* Das Anne-Frank-Haus – ein Museum mit einer Geschichte
* Auf den Spuren von Anne Frank – ein Wegweiser durch Amsterdam

PETER GROSZ

sei für

Finde dich nicht ab:
Riech in die meisterküchen –
In die töpfe hinein riech!
Es ist die neugier berechtigt:
Den köchen aufs handwerk zu schauen,
Ehe du auslöffelst, was sie dir eingebrockt –
Nichts ahnend wie immer schon mal.

Autorenverzeichnis

Aral, Inci: *1944, lebt als Schriftstellerin in Istanbul/Türkei

Bayer, Osvaldo: *1927 in Santa Fe/Argentinien, Historiker, Autor, Journalist, Professor für Menschenrechte an der Universität Buenos Aires, lebt in Linz und Buenos Aires/Argentinien

Baykurt, Fakir: *1929 in Akcaköy/Türkei, lebt seit 1979 als Schriftsteller in Duisburg

Cumart, Nevfel A.: *1964 in Lingenfeld, lebt als Schriftsteller in Bamberg

Delius, Ulrich: *1959, Journalist, Mitarbeiter der *Gesellschaft für bedrohte Völker,* lebt in Göttingen

Dijk, Lutz van: *1955 in Berlin, lebt als Schriftsteller in Amsterdam

Engelmann, Reiner: *1952 in Völkenroth/Hunsrück, lebt als Sozialpädagoge, Autor und Herausgeber in Manubach/Mittelrhein

Fiechtner, Urs M.: *1956 in Bonn, aufgewachsen in Lateinamerika, lebt als Schriftsteller in Langenau

Fröhlich, Roswitha: *1924 in Berlin, lebt als Schriftstellerin in Mannheim

Grossherr, Dieter: *1929, Fernsehjournalist, ZDF-Auslandskorrespondent, lebt in Thyrnau

Grosz, Peter: *1949 in Jahrmarkt / Rumänien, lebt als Lehrer, Autor und Herausgeber in Nieder-Olm

Große-Oetringhaus, Hans-Martin: *1948, Schriftsteller und Mitarbeiter von *terre des hommes*, lebt in Duisburg

Helling, Klaus: *1948, Arzt, Vorsitzender des Vereins *Hammer Forum e.V.*, lebt in Hamm

Koch, Julia: *1974, Studentin, ehrenamtliche Mitarbeiterin der Organisation *Schüler helfen leben*, lebt in Köln

Kunath, Wolfgang: *1951, Journalist, lebt in Nairobi / Kenia

Neudeck, Rupert: *1939, Redakteur beim Deutschlandfunk, Vorsitzender vom *Komitee Cap Anamur*, lebt in Troisdorf

Pausewang, Gudrun: *1928, lebt als Schriftstellerin in Schlitz / Hessen

Petri, Horst: *1936 in Köln, Facharzt für Neurologie, Psychiatrie und Kinder- und Jugendpsychiatrie, Dozent und Autor, lebt in Berlin

Rauprich, Nina: *1938, lebt als Kinder- und Jugendbuchautorin in Erftstadt

Röhrig, Volkmar: *1952, lebt als Schriftsteller in Gerbrunn bei Würzburg

Salazar-Volkmann, Christian: *1961, Bereichsleitung Grundsatz und Information, Mitglied der Geschäftsführung bei UNICEF Deutschland, lebt in Köln

Schindler, Nina: *1946, lebt als Kinder- und Jugendbuchautorin in Bremen

Veit, Barbara: *1946, lebt als Schriftstellerin in München

Texte gegen Gewalt in der Schule

Reiner Engelmann (Hrsg.)

Tatort Klassenzimmer

Texte gegen Gewalt in der Schule

20 Autorinnen und Autoren beschreiben in den Originalbeiträgen dieser Anthologie die Situation von Jugendlichen in der Schule und im schulischen Umfeld. Die literarischen Texte und Sachbeiträge bilden nicht nur die Realität ab. Sie geben vielmehr Anstöße, darüber nachzudenken, warum Gewalt angewendet wird, und sie geben Anstöße, vielleicht anders als mit Gewalt zu reagieren.

Arena-Taschenbuch – Band 1784. 200 S. Ab 12

Arena

Texte gegen Gewalt – für Toleranz

Reiner Engelmann (Hrsg.)

Morgen kann es zu spät sein

Texte gegen Gewalt – für Toleranz

Ausländer, Asylsuchende, Juden, Behinderte, Homosexuelle: Wieder leben Menschen bei uns in Angst. Wie können wir dem Haß auf Menschen, die anders sind, dem Fremden-Haß, begegnen? Welche Möglichkeiten gibt es für jeden einzelnen, sich dagegenzustellen? Vorgefertigte Antworten gibt es nicht, allenfalls Denkanstöße, Beispiele – so wie in diesem Buch mit Texten von Autoren, mit literarischen Texten und Sachbeiträgen engagierter deutschsprachiger Autoren aus den neuen und alten Bundesländern. Die Antworten müssen wir bei uns selbst suchen.

Arena-Taschenbuch Band 1766. 240 Seiten. Ab 12

Arena

Umgang mit Medien

Reiner Engelmann (Hrsg.)

Alles so schön bunt hier!

Texte über den Umgang mit den Medien

Bücher, Fernsehen, Neue Medien – wie gehen Kinder und Jugendliche damit um? Die literarischen Texte und die Sachbeiträge beschäftigen sich kritisch, aber auch konstruktiv mit dem Thema »Medien«.
So werden Fernsehen oder Computer nicht pauschal verurteilt, sondern es werden Erfahrungen mit ihnen aufgezeigt und Anregungen für den eigenen kreativen Umgang mit ihnen gegeben.
Ein Lese- und Arbeitsbuch zu einem Thema, das uns alle angeht.

Arena-Taschenbuch – Band 1823. 264 S. Ab 12

Arena